バルセロナ・パリ母娘旅

銀色夏生

角川文庫
18965

バルセロナ・パリ母娘旅行記

2014年9月24日から10月4日まで行ったバルセロナとパリの旅行記です。

どんなふうだったのか詳しく聞きたいと思っている友だちに、じっくり丁寧に説明するみたいに細かく書きます。値段もわかるものはできるだけ書きます。

リラックスできる場所でお茶を飲みながら聞いている気分で読んでください。おいしいお菓子もある気持ちで。お酒好きな人はお酒を飲みながら、おなかがすいたらおいしいものをつまみながら。ときどきテラスに出たり美しい庭を歩いたり、あるいは私が話すその場所に一緒にいる気持ちで……。

この旅のきっかけ

この春、下の男の子が高校生になり、もう10日ぐらい留守にしても大丈夫だろうと思った。中学生でひとり留守番というのはなんとなくかわいそうな気がするけど高校生だったら世間もそう驚かないだろう。本人は中学生の頃も別にいいよといってくれてたけど。で、もともと旅好きな私はどこか旅行に行きたいと思うようになった。本当にひさしぶりに海外へ。独身時代以来の感じだ。

昔はよくひとりで旅して写真を撮った。国内だったけど。北海道や尾瀬《おぜ》や沖縄などに。

海外のひとり旅といえば……、行き帰りの飛行機だけひとりで行って現地で知り合いと待ち合わせとか、仕事で滞在していたニューヨークからカナダのプリンスエドワード島へ行ったことぐらい。長距離バスで。あの時はさんざんだった。1週間ぐらいいる予定だったのに確かひと晩かふた晩泊まっただけですっかり気が沈んで帰って来たんだった。5月の末だったけど寒いし、観光バスは6月からしかなくて。とても悲しくて心細かった……。しみじみと思い出す。あの寒さ。自宅の2階の3部屋を旅行者に貸してるかわいらしいお家《うち》に泊まったんだけど、夕食はついてないので町のスーパーでゆでロブスターを買ってきて部屋で食べたっけ。冷たくておいしくなくてますます孤独感がつのり……。予定を早めてもう帰るといったらそのお家の奥さんが「まあ……」と驚いて心配してくれた。悪かったなあ。

でも、その行き帰りにバスや電車の中から撮った写真の風景は好きだった。『これもすべて同じ一日』という写真詩集の中に入ってる。「異国の丘」というページです。でも、過去って記憶の中でひとり歩きし、ひとり成長するものだから実際はどうだったか。はっきり覚えてないわ。違ってるかもしれないから思い出を話しても意味ないかも。私の気持ちの問題なのだ。

おっと脱線。で、どこへ行こうかと考えていて、海外旅行はひさしぶりなのでひとりで行くのは心細いからまずはツアーにしようと思った。そこからだんだんに慣らそうと。探すと、おひとり様参加限定のツアーというのがあった。9月下旬、秋のイギリス田園ハイキング8日間。コッツウォルズ地方の散策、だって。絵本のような小さな町のかわいい小道をゆったり散策か……。よさそう。でも部屋はひとり部屋をお願いしよう。さっそく(意を決して)それに申し込んだら、8月中旬に旅行会社から連絡があった。催行人数に達しなかったのでツアーがキャンセルになりましたと。

あらまあ。

それでどうしようかと考えて、同じ時期にある他のツアーを見てみた。ちょっといいかなと思うのもあった。秋のアルザス・ワイン街道とドイツ古城展望ハイキングとか、タスマニア・ハイキングとかいろいろ。なにしろずっとどこにも行ってなかったからどの国に行ってもそれぞれにおもしろそう。どこもいいなあ。

そんなある日、バルセロナだったらガウディの建物を見るという目的でひとり旅ができるかもと思った。それだけに集中して。ひとり旅大丈夫ですよと、ひとり旅好きの人に励まされたこともあり、その思いにぐんぐん傾く。

ひとりでバルセロナに行ってガウディの建物をじっくり見よう……かな。勇気を持って……。ごはんはカフェとか、買ってきたのを部屋で食べてもいい。

と、その時、夏休みで家にいてごろごろしていた上の子カーカ（21歳）がもう学校をやめようかなといいだした。私もそうなるかもと思っていたので驚かず、どっちでもいいけどやめたかったらやめれば？といった。そして一緒にバルセロナに行きたいというので私もそれは心強いと思い、一緒に行くことにした。

でも8月の下旬にネットで航空券の予約ボタンを押す時、さすがに私はためらった。このボタンを押したら、本当に学校をやめ（させ）ることになる……。

ぐっ……と私は手を止め、躊躇《ちゅうちょ》した。

「本当にいいの？」

「うん」

押した。

トトト…

この旅のテーマ「とにかく自由に」
日本の日常のこまごまとしたすべてを忘れてそこの空気に溶け込む
無の心で過ごす

✈ 1日目　2014年9月24日（水）

朝7時30分発のリムジンバスに乗って成田《なりた》空港へ。乗り場が家のすぐ近くにあるので便利。

きのうの夜バタバタと荷物を詰めていたカーカはバスの乗り場に着いてから、ジャケットを忘れたと家に取りに帰って、大急ぎで走って来たのでバスに乗り込んでハアハアいってる。

私のスーツケースは前に東急ハンズで買った50センチ×40センチの小さくて軽いやつ。なにしろ私の旅の荷物は少ない。服も最小限。もっと少なくできるような気もする。何もってこうかなと昨日考えてた時、パリは若い人ほどシックな色の服を着て歳をとるほど明るい色の服を着る傾向があるという意見を読んで反射的に地味な色の服をぱぱっと衣類袋に突っ込んだんだけど、そんなの別に気にしなくてもよかったなと思う。若くもないのに。よく考えたらちょっと明るい色の服もほしかった。

新しく服を買ってもいつも着なれた同じ服しか着ないなあ。

バスに乗って空港に近づくにつれ、絡みついていた日常という無数の糸がだんだん後ろにちぎれていくように感じた。

「カーカ。この旅のテーマは日本のこまごまとした日常を忘れて、無の心になってその空気に溶け込む、だからね」

「うん！　そうそう。そうしよう」

9時30分に成田空港第2ターミナルに到着。

飛行機は、行きはJALとブリティッシュ・エアウェイズ、帰りはJALとエールフランスの共同運航便。金額は燃油サーチャージとか税金とか全部入れてひとり18万2170円（H.I.S.で）。

あとでわかったけどこれってJALの正規割引航空券だった。だったらJALのホームページで買った方がよかった。時間の変更とかちょっとしたことがやりやすいから（バルセロナに夜の10時すぎに着くんだけど8時頃着く便もあることがわかった時に変更したいと思ったが、やり方がわからなくてあきらめた）。

そうそう。で、行きはロンドン経由、帰りはパリ経由と知ったカーカがパリにも行きたいといいだし、美術館や絵画鑑賞がそれほど好きってわけじゃないんだけど私もそういえばルーブル美術館とか行ってみたいと思ったことが昔あったなと思い出し、ルーブル美術館の本を買ったことまで思い出し、でも滞在が2都市となると下調べとか面倒だし疲れそうだし気持ちが落ち着かないかもと思ったけど、カーカが行きたがるのでそれもいいかと思い直し、結局バルセロナ5泊、パリ4泊という旅程にした。

ホテルは航空券を取ってからエクスペディアで探した。バルセロナのホテルはちょっといいところにしようと思い、観光にも便利そうな場所、カサ・バトリョの近く、カサ・ミラにも近いグラシア通りのマジェスティックホテルにした。１９１４年開業（ちょうど１００年目！）の新古典様式の建物とエレガントでありながら現代的な設備を備えた室内が品よく調和する、だって。

５泊で１４４５ユーロ。１泊あたり……４万円ぐらい。

成田空港に着いて、まずは飛行機のチェックイン。チェックインの手続きは昨日ネットで済ませておいたのでスムーズに荷物を預ける。10時50分発まで少し時間がある。

お店をぷらぷら見てから、出国手続きへ。10時にサクララウンジ（グローバルクラブカードなので入れる）でスープストックトーキョーのスープ2種とミニミニサンドイッチを食べた。カーカも何か食べてる。なぜか別々のテーブルでそれぞれにモグモグ。そこを出てから、下の階にもっと広くて景色のいいサクララウンジがあることに気づいてすこし後悔する。こっちがメインだった。どうりで窓もないし狭いと思った。

ブリティッシュ・エアウェイズ。

席はエコノミー後方の、窓側でなく中央の列。通路側の2席。トイレに行く時に行きやすい席がいいのでよかった。席って重要。3人掛けで、いちばん左は空席だった。ところどころ空席があるのでわりとゆったりしてる。日本人は少ない。もうここから外国みたいだ。

旅行はしばらくぶりなので12時間の飛行って大丈夫かなと心配だったけど大丈夫だった。もうビジネスクラスしか乗りたくないなんて思ってたのに。エコノミーでも全然つらくなかった。ゆったりしてたからかなあ。

映画を見て（キャメロン・ディアスのラブコメ「the Other Woman」や「マレフィセント」など）、ごはんを食べて。ごはんもわりとおいしかった。私のトマトソースのパスタが特に。

赤ワインを飲んで、眠くなったら寝て、起きたら映画見て、を繰り返す。

到着前に軽食が出てきた。今度のマカロニのホワイトソースはしょっぱかった。カトカの中華丼はおいしかった。

この飛行機の中で、よりいっそう日常の糸が飛んでいった気がする。

バスの中で だんだん
こまごまとした 日常の糸が
ちぎれていった

飛行機の中で
よりいっそう

ロンドン、ヒースロー空港には現地時間でお昼の3時ごろに着いた。

到着したターミナルはきれいで静かで人も少なく大人っぽい印象。順路にしたがい、空港内をバルセロナ行きのゲートまで移動する。そこまで来ると人で賑《にぎ》わっていた。乗り継ぎ便が出るまでこれからまだ3時間ぐらいある。どうしよう。

そう、まず両替だ。バルセロナでタクシーに乗るからね。

両替所で3万円、ユーロに両替した。手数料などを入れて1ユーロが160円ぐらいだった（この日の為替《かわせ》レートは140円ぐらい）。

お店を見たり、屋台のヨーグルトを食べたりしてから、お腹が空《す》いたのでごはんを食べることにした。「ワガママ」という麺《めん》屋で。私は焼きそばを注文したけど、だいたい思ったような味だった。そうおいしくもなく。

カーカはラーメンを食べたいといって注文したら来たのがゆでた麺の上に辛いチリトマト味の炒《いた》めものがのった奇妙なの。味見したけど変な味で好きじゃなかった。カーカは辛いものが大好きだけど辛いものを食べるとお腹が痛くなることがある。それでも日本ではパクパク食べてるが、今はお腹が痛くなると困るからあんまり食べないでと注意した。カーカもあまりおいしくなかったみたいで控えてた。

それからロビーに移動して携帯を見たりしながら待つ。フリーのWi-Fiが45分使えるのでカーカは熱心に見ていた。

待ってるあいだロビーでいろいろな人が目に入り、時々感想を言いあう。とても体の大きな人がいたので、そのボリューム感をじっくり見ちゃった。おなかのあたりを想像で輪切りにしたりして。

外国って気が楽だわ、と思った。みんな知らない人で違う人種、違う国、違う言葉。とてもさまざまなのでかえって気を遣わずにすむ。

時間（19時）になったのでバルセロナ行きに乗り込む。飛行時間は2時間。近いなあ……。東京から宮崎に行くような感覚でロンドンからスペイン。

機内ではチキンサンドイッチが出たけど私はお腹いっぱいだったので食べなかった。食べたカーカはすごくおいしかったよといっていた。

外国人ばかりで映画を見てるみたい、とカーカ。みんな大人で落ち着く。私は外国で外国の人の中にいると気が引き締まり自由を感じる。

そういえばバルセロナでは今、年に一度の大きなお祭り「メルセ祭」というのが開催されているらしい。今日（24日）がメインで旧市街のサン・ジャウマ広場では組体操のような人間ピラミッドが行われすごい混雑なのだとか。1日早かったら見られたのに。カーカが「サグラダ・ファミリアで夜中の12時からプロジェクションマッピングがあるかも」という。建物の壁に映像を投影するというもの。過去の素晴らしい映像をネットで見せてくれた。数年前のお祭りの夜の。すごい人だった。ホテルに着くのは11時過ぎだろうからどうかな。

到着が少し遅れて、バルセロナの時間で夜の10時30分に着いた。着陸直前に隣の窓際に座っていたスペイン人らしい黒髪のやさしそうな女性が眠っていた私の肩をたたいて、窓の外を指さして何か言ってる。見ると遠くに打ち上げ花火が次々と上がっていた。「ああ」とにっこり笑って、カーカにも教えたら、その女性がハッと気づいたように「起こしてしまってごめんなさい」みたいなことを申しわけなさそうに言う。「いいえいいえ」と答えたけど言葉を話せたらもっとちゃんとお礼をいえたのに。私もカーカも外国語をしゃべれない。私の英語は中学1年生レベル。年齢を重ねたペネロペみたいな素敵な人だった。熱心に仕事の資料をみてらしたから仕事のできる人じゃないかなと思った。

ほんわかした気持ちでバルセロナ・エル・プラット空港に降りたつ。夜も遅いので閑散としている。人が少ない。荷物がどのレーンから出てくるのかわからず、空港の人に聞いたらあっちだと教えてくれた。まだ出てきてないみたい。

中央に電光掲示板があって、どこから来た飛行機の荷物は何番のレーンから出てくる、というのが表示されていた。なるほど。

荷物も無事出てきて、タクシー乗り場へと向かう。運転手さんにホテルの住所と名前をプリントアウトした紙を見せる。すぐにわかってくれた。

タクシーは、夜の道をゴーゴー走る。

わくわくする。

ずっと外の街を見ていたけど、どこにもお祭りの気配はない。人はいるにはいるけど全体的にうす暗く静まりかえっている。

30分ぐらいでホテルに到着。ロビーはそう広くはないけど床は白い大理石で明るい。レイトチェックインするメールを出しておいたせいか、スムーズにチェックインして部屋へ。11時30分。部屋もそう広くはないけど清潔感がありきれい。窓からの眺望はよくない。向かいの建物の窓が見えるだけ。

バスタブなしのシャワーだけの部屋はこの階ではこの部屋だけということがドアのマップを見てわかった。洗面所の水の流れがすごく悪い。ゆっくりゆっくりしか流れない。これは嫌だな。

フーッとひと息ついたら、カーカがサグラダ・ファミリアに行こうという。ええーっ、今から？　と思ったけど、まあいいか。タクシーで行こう。

12時に着いた。

タクシーの運転手さんが「ここがサグラダ・ファミリア」と言った。

見上げた建物は、真っ暗。人はいない。

「なんもないじゃん……」


真っ暗な建物を写真に撮る。ステンドグラスの窓に明かりが灯《とも》っていたけど全体的には幽霊屋敷みたいにおどろおどろしくみえる。ホラー映画みたい。ゴースト。

でも、これがサグラダ・ファミリアか、とちょっとだけうれしい。

建物のまわりを歩いたら他にも2〜3人、写真を撮ってる観光客がいた。商店街にもパラパラ人がいて、私は丸いオブジェを写真に撮る。

またタクシーに乗って帰り、ホテルの外観を写真に撮る。

今日はもう寝ようと1時就寝。

ベッドはとても寝心地がよかった。硬さも、シーツのひんやりとした冷たさも。

おやすみなさい……。

✈ 2日目 9月25日(木)

7時起床。夜中、3回ぐらい目が覚めたけどまあまあ眠れた。まだ外は真っ暗。サマータイムだから。

シャワーを浴びて、8時15分出発。今日はサグラダ・ファミリアをじっくり観光する予定。前もってネットで入場券を予約してプリントアウトしてきた。9時入場、9時30分に「受難のファサード」のエレベーター搭乗というスケジュールで。

地下鉄で行こう。

初めての地下鉄。ガイドブックをぎゅっと握りしめる。

その前に朝食を食べなくては。地下鉄の駅に行くまでにカフェがいくつもある。

どこにしよう……と見ながら歩いていたら、小さなフランスパンのサンドイッチ（ボカディージョ）がトレイに山積みになっていくつも並んでいるカフェがあった。

おいしそう。ここにしない？　といってカウンターに座る。お客さんは数人だけど素敵な女の子が忙しそうに何か作ってる。

私たちはトレイにのったサンドイッチをじっと見て、私は小ぶりのバゲットに生ハムを挟んでるやつ、カーカはアボカドとハムのを指さして注文した。おいしかった。バゲットはパリパリと軽快で生ハムはもっちり。バゲットの小ささがいい。

そこで私がとても気になったのはズラリと並んでるレモンの輪切りとレモン色の液体の入ったグラス。おいしそう……。

それなに？　と誰かが聞いた。カヴァのサングリアだった。

「あれ、いつか飲みたい」と思う。

おいしかったのでもう一個ずつ他のを食べてからそこを出て、地下鉄の駅に向かう。途中、目の前のカサ・バトリョを撮る。キラキラと青や紫や緑のモザイクが光ってきれいだった。


地下鉄に入る。バルセロナは地下鉄が便利だと聞いた。最初ちょっともたもたしたけど、ふたりであれこれ言い合いながらどうにかキップ（10回券にした）を自販機で買えた。改札にキップを入れて、出て来たのを取って、回転バーをぐーっと押して中に入る。

乗り換えにちょっと緊張しつつ、サグラダ・ファミリアの駅へ。

地上へ出た。

サグラダ・ファミリアが目の前にそびえ立っている。明るい光の下で見るとまた雰囲気が違う。もう怖くない。人の列ができていたので最後尾についたら、日本人の女性が「日本のかたですか？」と話しかけてきた。「はい」といって、予約者はここに並ぶらしいということを話す。前の人たちがみんな同じプリントアウトしたチケットを持っていたのでそう思った。

すぐに列は進み、入場。

門柱の上にある鉄の葉っぱのオブジェが好きだった。

ガウディの父方は代々銅細工師だった。ガウディもそのおかげで「私には空間を感じとる資質がある。銅細工師は平面から立体をつくりだす人間であるから仕事にとりかかる前に空間をイメージする必要がある」と言っていたらしい。不器用な職人にいらだったガウディは職人の手からハンマーを奪い、赤く焼けた鉄をすさまじい勢いでたたきながら怒りもあらわに見事な形をつくりあげていったというエピソードも残されている。だから鉄細工がおもしろい（シュロの葉をかたどった鉄柵《てっさく》やグエル別邸の竜のデザインなど）。私は鉄細工が好き。重いから。

入り口はでこぼこした彫刻のある「生誕のファサード」。

太陽が昇る東側に面していて、3つのファサードのうち唯一ガウディの生前に完成したもの。どうりですごく色が黒い（汚れてる）と思った。年を経た黒さというのか。

でも中に入ると、「わあっ」と思わず目を見張った。

とても広くて天井が高い。大きな白い柱がいっぱいあって壮観。ガウディは「まるで森の中にいるように」したかったそうで柱からは白い枝が広がり樹木のよう。天井の白いギザギザした模様はシュロの葉のモチーフ。

あちこち見て、かわいいと思ったのは天井や柱に埋め込まれたつるつるした丸い絵柄。きれいだと思ったのはてっぺんの丸く広がるオレンジ色の光と、ステンドグラスごしの光のグラデーション。緑からブルーへ移り変わる光が白い天井に色をつける。ステンドグラスの中でも私はここが好き、この配色がという部分があって、その部分だけを集中的に眺めた。

ずっと天井を見ていたから首が痛くなってきた。どこを見てもおもしろくて、ぜんぜん飽きない。カーカもあちこち見ながらずっと写真を撮っている。カーカは写真を撮るのが好き（たぶん……タダだから）。

エレベーターに乗る時間になったので「受難のファサード」側へ向かう。列に並んでいたらすぐに搭乗できて、塔の上へ一気に上る。

塔の上は狭かった。そこから狭いらせん階段を下りる。下りながら、隙間や踊り場から外を見る。狭いのでへこみに身を寄せて後ろの人に先に行ってもらったりした。

工事中の様子が見えたのもおもしろかった。モザイクを貼りつける職人さんたちの姿が見えた。小さな塔の先端にはぶどうやいちごやあずき、草の穂みたいなのがあふれるように丸くこんもりのっかっていてとてもかわいい。ピンク色と金色のモザイクでできた高い塔（12使徒に捧《ささ》げられた鐘楼）の先端は工事中の場所では保護するためなのかストッキングみたいな覆いをかぶせてあった。

バルセロナの街並みが見えた時もまた「わあっ」と思った。おもしろかったのは、地上から人が塔を見上げているのが上から見えたこと。公園でこっちをじっと見ている3人組が特にかわいらしかった。公園内のドッグランも見えたので犬の走りをしばしながめる。塔の壁の石の質感。そのどっしりとした冷たさ。そっとなでてみる。

下りて、またしばらく聖堂内部を見学する。

さっきよりも人が多くなってる。太陽の光の入り具合が変化して印象もちょっと変わっていた。一日のうちでも時間によって見え方が変わるのだろう。夕方や夜の様子も見てみたいと思った。

入り口の鉄の扉の模様にも興味。ツタの葉のあちこちに昆虫がいた。蝶《ちょう》、てんとう虫にダンゴ虫。

「受難のファサード」の外観を見ようと外に出る。太陽が沈む西側にあり、キリストの死がテーマなのだとか。こちらはシンプルな彫刻。「装飾を排除し、冷たい石の肌をあらわにすることで受難の苦しみを表現しようとした」という。

全体の模型があったのでぼんやり立ってたら、写真を撮るからどいてと言われてどく。

それからショップを見て（何も買わず）、地下の博物館も見た（人が多かったのでスーッと足早に）。

最後に隣の公園から全体を見る。2時間30分滞在。満喫した。

サグラダ・ファミリアの感想。

ものすごく複雑なものかと思っていたら、基本は教会なので中に広い聖堂があり、塔が何本かあって上にのぼれて、あとは地下に博物館があり、外のファサードがそれぞれ見ごたえがある、といったふうでそれほど複雑ではないとわかって安心した。全部見るのにすごく時間がかかるのかと思っていたから。

いろいろかわいかったなあ。ふと見たところに何かがあって。見てないところにもいっぱい何かがあるんだろうな。とてもしあわせないい気持ちになった。

ある人が独特なものを熱心に好きで作ったら、そのあるものを見た人もしあわせな気持ちになる。そのしあわせ感だ。好きなものを熱中して作ることの素晴らしさと、エネルギーを注がれたものの持つパワーの不変性を思う。

カーカとふたり、満足して地下鉄の駅に向かう。

さあ、お昼ごはんを食べよう！

ごはんといえば、食の小鬼カーカ。生まれた時から食への執着はすごかった。

めったに行かない外国に来てどこで何を食べるかは大問題。私が持っているガイドブックは『地球の歩き方　バルセロナ』だけ。それとネットで事前に調べたお店のメモが2〜3軒。カーカは熱心に携帯でブログを読んで研究していた。で、今から行こうとしているところはカーカが食通のブログをいろいろ読んで選んだバル「セルベセリア・カタラナ」。でもそれ、私のガイドブックにも載ってる。

地下鉄で2駅のディアゴナル駅で降りて歩く。12時30分に着いた。お昼にしては早いのでまだ空席が多い。最初、奥のテーブル席に通されたけどメニューが全然読めなかったので、他の日本人の二人連れがカウンターに移ったのを見て、私たちもカウンターに移動させてもらう。そうしたら指さしてコレって頼めるから。

でも、カウンターに移ってからも頼み方がわからなかった。カウンターの中の人が飲み物を聞いてくれたので私はサングリア（ハーフデキャンタ）、カーカは水を注文した。それからカウンターの上にのってるお皿の中のものやガラスケースの中の魚介類を見てじっくり考えた。

カウンターの人と目があったので、目の前にあったいちじくとチーズの前菜みたいなのがおいしそうだったからそれと、向こうに見えた細切りチーズにまわりを包まれてるもの（これは焼くのだろう）。それからカーカがガラスケースの中の細長い貝（マテ貝）がおいしそうだといって指さし、私はエビを指さした。

カーカがブログにのってたエビを串《くし》に刺して焼いたブロシェットというのがおいしいらしいといってたので、それだったらいいなあと楽しみに待つ。

来た。最初はあのいちじくとチーズの前菜。いちじくに惹《ひ》かれたんだけど、ちょっと量が多く、カーカはあんまり……と言ってる。チーズの焼いたものは中に何か野菜が入っていたけどとにかくチーズがどっさり。マテ貝はおいしかった。あとでわかったけどマテ貝はバルセロナの名物だった。エビは串に刺したブロシェットじゃなく、殻ごと焼いたものだった。でもおいしかった。そこで最後に何かもうひとつと思い、小さなイカ（ホタルイカ）があったからイカのオリーブオイル焼き、アヒージョみたいなのが出てくるかなと思ってイカを指さしたら、出てきたのは小イカのフリットだった。カリカリとして味もついていておいしかったけど多すぎたので紙ナプキンに包んでカバンに入れた。会計は約52ユーロ。1ユーロ140円としたら7280円（カードだとだいたいこの時期140円か141円だった）。本当はスライスしたパンの上にいろんなのがのっかってるタパスをいくつか食べたかったんだけど、それは違う側のカウンターの上にあって頼めなかった。

でも、どうにか無事に1日目のお昼ごはんを食べ終えることができ、満足してホテルへ戻る。だんだんうまくできるようになるだろう。

近いので歩く。

途中、小さな商店で水と、トリュフの絵がかわいかったので板チョコ（ひとつ20円ぐらい）2種類を買ったんだけど部屋で開けて食べたらおいしくなかった。酸化して白くなってた。

1時45分から3時まで部屋で休憩。カーカは小イカフリットをポリポリつまみながら夜食べに行くところを熱心に調べていた。ホテルの部屋はWi-Fiがつながる。

私は読書。


3時。

これからがカサ・バトリョを見学に行く。ホテルのすぐ近くなのです。1ブロック先。

外壁の青いモザイク模様がすごくきれいなので楽しみにしていたところ。受付でチケットをクレジットカードで購入して入場。人が多い。

中はくねくねぐるぐるとした曲線や波やうずまき模様が多用されていて、直線が少ない。テーマは海。建物の正面が海面で、内部は海面の下、海底や海底洞窟《どうくつ》なのだそう。

私が好きだったのは、その外壁の青い色のモザイクと広間の青い丸いステンドグラス、天井のうずまきやポトン……とミルクが落ちたあとみたいなの。窓や部屋のドアも流線型。どこかに何かがある。細かいところまで波打ってたり。人も多くて、デジカメの電池がきれそうだったので早々に帰る。部屋に戻ったのが4時15分。疲れた〜。人が多いところは疲れるね。あまりに多いとよく見なくてもいいからもう出ようと思っちゃう。雰囲気重視で行動。またいつか来る機会があったら来たらいいから。

それから7時30分まで熟睡。ぐっすり寝てました。疲れたのでしょうか。時差ボケでしょうか。

起きたら食の小鬼カーカが夕食のお店を調べつくして行くところを決めていた。「PACO MERALGO」というお店。ホテルのあるグラシア通りを歩いてトコトコ向かう。このあたりはブランド店が軒を連ねるおしゃれなショッピングエリアらしいが今んとこブランド品に興味のない私たちはそれよりも大人用と子供用の入り口がふたつ開いてるおもちゃ屋さんがおもしろかった。ここはやはり子供用の入り口から入りたいね、なんて言いながら。

地図を見ながら、9時少し前にそのパコなんとかに到着。小ぶりできれい。入ったら「予約は？」と聞かれ、してないと答えたらカウンターの奥の空いてる場所に入れてくれた。よかった〜と思いながら安心してまわりをそっと見る。活気がありとてもにぎわっていてお店の人はバタバタと忙しそう。なかなか注文を取りにきてくれないけど考える時間が欲しいのでちょうどいい。隣の席の人が食べてるのを観察する。おいしそうだ。

やっと決まって、何度かお店の人を呼んだら来てくれた。まず、私はサングリア。カーカはお水。それからカーカの携帯の画像を見せて注文したもの。パンの上にトマトを塗ったパン・コン・トマテ。これはどのお店にもあって店によって違うというから興味がある。イベリコ生ハム。ズッキーニの花の中にモッツァレラチーズを入れて揚げたもの。今までも日本で食べたことはあったけど本場のを一度食べてみたい。パンの上に焼きなすとアンチョビがのったタパス。カニかなにかの肝焼き。タコをピリ辛トマト味で煮込んだものは今日はないそうで代わりにと勧めてくれた何か。

徐々に出て来た。

サングリアはふつうにおいしかった。

パン・コン・トマテ。とてもおいしい。

イベリコ生ハム。これがものすごくおいしかった。肉とは思えない爽《さわ》やかさと広がる旨《うま》み。なんともいえないおいしさだった。カーカも驚いてる。「トマトみたいない味がする」とかなんとか言ってた。

花モッツァレラは思ったような味。日本で食べたのとそれほど変わらなかった。

焼きなすとアンチョビのタパス。これもおいしかった。炭火で焼かれたなすが香ばしくて。アンチョビも生臭くなくて塩辛すぎない。

肝焼きは濃厚で、味が濃かった。お酒のつまみによさそう。

煮ダコの代わりにきたものは、イカと豆を炒《いた》めたものだった。おいしくはなかったけど煮ダコと比べてしまって、まあまあ。

右隣に北ヨーロッパから来た男性二人連れが座り、彼らも言葉がわからないみたいで一生懸命調べながら注文していて楽しそうだった。

デザートにカーカが食べたいと思っていたクレマ・カタラナ（クリーム・ブリュレ）、私はバニラアイスクリーム。ジェラートと書いてあったので柔らかいのかと思ったらふつうのアイスクリームだった。それとカフェ。

ぜんぶで65・45ユーロ。10ユーロ以上のものはほとんどカードで支払う。ちなみにイベリコ生ハムはハーフサイズで11・75ユーロだった。

帰りながら、おいしかったおいしかったと満足した感想をいいあう。

特にあの生ハム。そしてなす。パン・コン・トマテ。カウンターだったので仕上げにお皿の上の料理にクルクルッとオリーブオイルを回しかけて出すところがよく見えたんだけど、あのオリーブオイルがおいしいんだと思う。パン・コン・トマテにもタパスにもいろんなのに仕上げにササーックルクルッとかけられていた緑色のオリーブオイル。

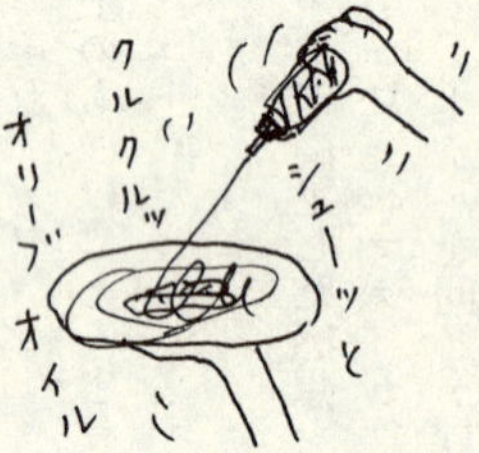

ホテルまで歩く。10時半。

夜の街はうす暗く黄色っぽい街灯に照らされていて静か。この照明が異国ということを感じさせる。でもカフェやバルを見ると人がいっぱいで、道路を歩いてる人は少ないけど怖さはない。帰りにまたカサ・バトリョに寄ってライトアップされた様子を見る。観光客が何人かいてライトアップを見上げてた。

夜1時ごろ就寝。

今の目標は、日々、できるだけ気が沈まないようにいること。

ただ心安らかに毎日を過ごすこと。

そしてそれはできている。

3日目　9月26日（金）

夜中の3時30分に目が覚めてしまった。

そこで思ったこと。

私は生まれてから今日まで、私として、私の感覚だけを通してこの世界を見ている。ずっと私からだけ。他の人もその人の心からだけ、で。そのことが不思議に思われる。


6時ごろカーカも目覚めた。

そして「発表するね」と今日行くレストランを教えてくれた。

今日はグエル公園を観光する予定。ここも前もって予約してきた。10時に。

9時ごろ部屋を出て、また昨日の朝のお店に朝食を食べに行く。2度目なので、並んだパンに挟まってるものをじっくり見て余裕をもって考える。が、結局ふたりとも同じのを選んでいた。そして不思議と昨日ほどおいしく感じられなかった。そのことを電車でグエル公園に向かいながら話す。

「なんだかバゲットのパリパリ感がなかったね」と私。

「そうなんだよ」とカーカ。

「どうしてだろう。2度目だからかな。でもなんか違った」

「違ったよ」

3つ目の駅で降りて15分ほど歩く。いい天気で暑い。日に焼けそう。

途中、パンの焼けるすごくいい匂いがしてきて思わずそのお店に飛び込む。さまざまな種類のパンがずらりと並んでいる。おいしそう……。味見したい。今はまだお腹空《す》いてないからあとで食べようとクロワッサンとリンゴのパンを買う。

道の角でガイドブックを見ながらどっちかなあと思案していたら、通りがかりのマダムが「グエル公園？　こっちよ。突き当たりのエスカレーターでゴッゴッゴッて上がるのよ」とジェスチャー付きで教えてくれた。感謝して、お礼を言って進む。

先のところにエスカレーターがあった。それに乗ってゴッゴッゴッと上がっていたら学校のようなところがあって金網にたくさんの小さな黄色い布を結びつけてSOSの文字が描かれている……、ちょっと怖かった。あれは何だったんだろう。

グエル公園に着いた。あんまり人がいない。そこは中央の入り口じゃないようだった。左の端っこ。でもまあ、そこから中に入る。公園自体は広い山のようなところで無料だけどその中のガウディ関連の部分だけが有料になっていた。最初に見えたのは写真で見たことのある石がごぼごぼとくっつけられたアーチ状の柱の道。見たことあるある、百万回、と思いながら進んだ。

すると広々とした中央広場に出た。まわりに波形のベンチがあるところ。このベンチは人の形にぴったり合うように設計されたというので、確かめるために座ってみた。たしかに腰にぴったりとくるわ。

ふむふむと思いながらあたりを見回す。観光客はいるけどそれほど多いという感じでもなくちょうどいい。ベンチのモザイクには陶器やビンのカケラなどの廃材が使われているのだそう。下を見てみると正面に正門が見えた。両脇には「ヘンゼルとグレーテル」のお菓子の家をイメージしたといわれている2つのかわいい建物が。ここから入りたかった……。

それから細い道を通って人のいない方へ進んだ。緑の草木がワサワサしてる。

ガウディの家博物館が見えた。もともとこの公園はグエルが60戸の宅地を造成してイギリス風の

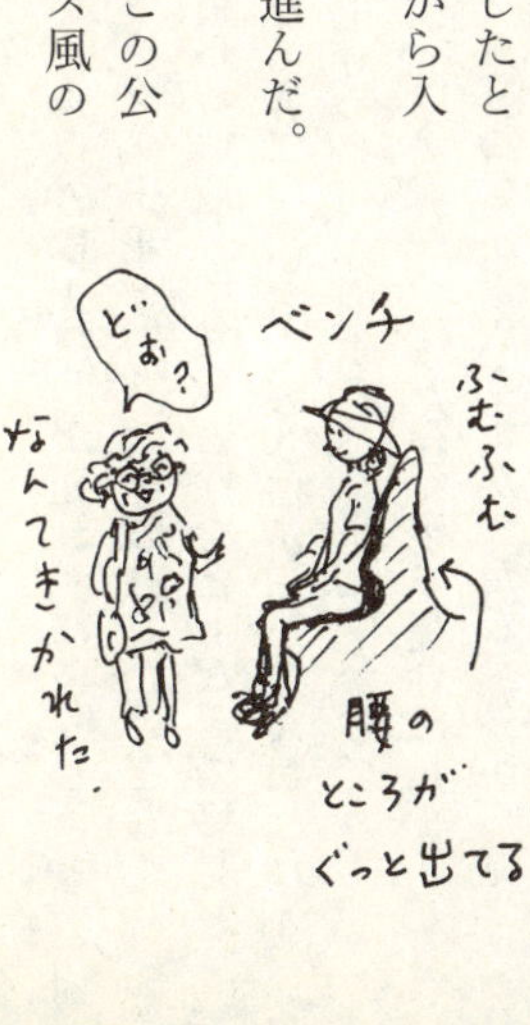

住宅街を造ろうとしたけどグエル家とガウディ家以外は1戸しか売れずに失敗したという場所。モデルハウスをフランセスク・ベレンゲールという人が設計したけどなかなか買い手がつかなかったのでガウディが自ら買い取って父親と姪《めい》をともなって移り住んだのだとか。そのガウディ家が今は博物館になっている（入り口がわからなかったので行かなかった）。そのガウディの家を見上げつつ、木の下のベンチに腰かけてカーカとさっき買ったパンをつまむ。それほどおいしくもなく、また包んで手提げにしまう。

そのまま進んだら正門の内側に出た。ホント、ここから入りたかったわ。外から見たらどんなふうに見えるんだろう。帰りはここから出て振り返って見てみよう。

そこから中央に階段が延びていてその上にトカゲの像がある。グエル公園のシンボルのそのトカゲの像は人気なので、そこだけ人だかりがしていた。写真を撮る人がいっぱい。私はトカゲの像よりもまわりの壁の方が好きだった。

それからギリシャ神殿を思わせるドーリア式の柱が上の中央広場を支える「市場」と呼ばれる場所へ。天井の飾りは太陽や月を表しているとか。私が見たのはタコみたいだった。

グエル家跡が小学校になっていて、校庭で運動してる子どもたちを金網越しにカーカが写真に撮っている。学校が観光地の中にあるってどういう感じなんだろうね、なんてふたりで歩きながら話す。慣れるんだろうね。

給食のシチューみたいな匂いが流れて来る。

有料の範囲はもう見終えたので、そこから出て広い公園を歩く。楽器を演奏する人、踊る人、歌を歌う人などいろんな人がいる。

くねくねした小道をどんどん上っていたら花飾りをたくさんつけた男の人が立っていた。前にお金を入れる入れ物が置いてある。その人の写真を撮りたかったのでお金を入れたら写真を撮らせてくれた。一緒にといわれて断れずひとりずつ一緒に撮った。そのあとひとりのも撮らせてもらう。

ドキドキしたわ。

暑いし、ずいぶん歩いたのでもういいんじゃない？　と言ったら、カーカがゴルゴダの丘というポイントまで行くというので、しょうがなく進む。あまりの暑さに持参した水を飲み干してしまい、凍らせた水のボトルを1ユーロで買う。男の人が勝手に石垣の上に2～3本のっけて1ユーロと書いた紙を置いて売ってたやつ。冷たくておいしかった。

前方にゴルゴダの丘がちらりと見えた。

「遠いね」

「いや。意外と近いよ。遠くに見えるものは」と、カーカ。行きたいものだから。

ぼーっと歩いていたら、途中、ハッとした。昨日見た夢に同じような場面があったのだ。たくさんの人が同じ方向へ歩いていく場面。こっちに来る人がいなくて、まわりにいた人たちみんなが向こうを向いていた。それと同じだった。

途中、人の少ない広場でギターを弾いている人がいて、その音色がとてもよく、まわりを丸く囲うベンチに思い思いに人が座っていていい感じだった。まるで天国のような……。ひとり、上半身裸のおじさんがベンチの上に寝て足を頭の上まで持ち上げる体操を何度も繰り返していたけど。それも気ままな感じでよかった。テーブルでもくもくと絵を描いている人、楽しそうにおしゃべりするグループもい

る。葉っぱの写真ばかり撮っている男の子。お父さんの背中に必死にしがみつく女の子。

ゴルゴダの丘に近づくと傘にピアスを突き刺して売っているアクセサリー売りが何人もいた。ひとつ3ユーロ。ふたつで5ユーロ。カーカは欲しがってじっと見ていたけど結局買わず。しばらく行くと、あのジョニーが！

ジョニーにまた出会うとは！

まだ生きていたのか！

ジョニー。最初の出会いは二十数年前のイタリアだったと思う。小さな紙の人形が何にも触れずにひとりで踊っていた。私はじっと見て、何度も見て、「糸じゃない。これはすごい魔法だ」と驚いた。私はそれを買った。袋を開けて中を見ると細くて長い糸がついていた。自分でやってみたけどあんなにうまくはできなかった。でも糸で動かしてるんだとわかってすこしホッとした。魔法じゃなかったんだ。それ以降も二、三度見かけたことがある。日本でも。

そのジョニーがここにも。なので私はじっとまた見た。でもどうしても糸が見えない。本当に見えない。まさに魔法としか思えない。これは魔法で、買った人のにだけ糸がついてるんじゃないかとまで思った。カーカに小声で教えて、いっしょにじっと見たけどわからなかった（あとで調べたところによるとジョニーくんは300年以上も長生きしてて世界中にいるらしい）。

小さな石造りのゴルゴダの丘に着いた。石を積み上げた数メートルの台みたいなの。上に石の十字架。見晴らしがよさそう。けど上は狭くて人がいっぱい。途中まで狭い階段を上ったけど人が詰まっててそれ以上進めずに引きかえす。下からも街の景色が見渡せるのでカーカとふたりの記念写真を携帯で撮る。

満足して下る。公園の建物を背景に石の塀の前で奥さんの記念写真を撮っている男性がいていい感じだなあと思った。仲のいい老夫婦っていいよね〜、と思う。仲のいい人に巡り合えた人はしあわせだよね。恋愛が終わった後も仲がいい相手。私が思うに「一緒にいて楽しい人と出会う」って人生の一番のギフトかもしれない。一緒にいて楽しい人とずっと一緒にいられたとしたらそれはすごい宝だ。ひとりも楽しいけど、人と一緒にいる楽しさって人がいないと体験できない。

結局、正面入り口を出入りすることなく（またあそこまで行くと遠くなるので）、最初に入った端っこの入り口から出て同じ道を通って駅まで戻る。

1時半だからお昼だ！

カーカの発表により、まず「ロカ・モー」というお店に行ってみることにする。そのお店は私のガイドブックにも載ってた。「世界ナンバー1レストランが監修している、前菜からデザートまであっと驚く最新技術を使った料理で1つ星を獲得。ランチ45ユーロ。席数が多いので予約がなくても入れる可能性が高い」だって。ディアゴナル駅から1分のホテルの中にある。バルだけでなくおいしいレストランでも一度ぐらいは食べてみたい。「サンパウ」のシェフが指揮をとるマンダリン・オリエンタルの中にある2つ星レストラン「MOメント」というところに行ってみたかったけど、口コミを読んで今回はやめることにした。超高級そうだし。で、この「ロカ・モー」へ。駅を出るとすぐホテルがあった。その1階。ホテルの中に入るとしゃれた空間が広がっている。もうすぐランチが始まるという時間。

ちょっと。これ。本当に予約なしでいいのかな?

ピシッとしたスーツを着た係の男性がいたので予約してないけど食事ができますかと聞いたら「ちょっと待ってください」と言って奥の方へ行った。ぼーっと入り口に突っ立って待つ。私のこの格好……。上下とものびる生地の気楽な服。もしかしてここは……。あたりを見回す。そうだ、高級なとこなんだ。恥ずかしい。

さっきの係の人が来て申し訳なさそうに「あいにく今日はいっぱいです。別の日の予約を入れますか?」と何度も聞いてくれたけど「いいです」と断って出る。

ああ、恥ずかしかった。1つ星のお店にこんな姿で。次回はちゃんと予約してきれいな姿で行こうと反省する。で、どうしようかと考えてカーカの次の案は、そこから歩いて10分ぐらいの「エンバット」。あ、そこも私のガイドブックに載ってる。どれも載ってるけど？　カーカ。『地球の歩き方』に。

「近所の住民やビジネスマンに人気。わずか11テーブルしかないカフェ風のレストランだが、高級料理店顔負けのクリエィティブな地中海料理がでてくる」だって。トコトコあるいて到着。空いてるかな……。時間は2時。これからお昼という時間だ。

聞くと、空いてた。奥のちんまりとした二人掛けの席に案内されホッとする。落ち着く位置。ランチメニューはコースでひとり36ユーロ。料理に合わせてスパークリングワイン、白ワイン、赤ワイン、デザートワインと4種類のワインがついているという。お得だ。

カーカ用に水を注文する。店内はシンプルで簡素で明るく、つぎつぎとやってくるお客さんも楽しそうにおしゃべりしてて活気がある。本当に近所の人たちが好きで来ているという感じだ。ここはおいしそう。楽しみ〜。スパークリングワインを飲みながら料理を待つ。

最初の一皿がきた。クリーム色のソースの上にスモークサーモンといくらと野菜（アスパラやアボカド、玉ねぎ）がのってる。食べてみたら……、なんだかサーモンが生臭い。私があまりスモークサーモンを好きではないからかもしれない。でもいくらとか……。柚子《ゆず》も入ってるかも。日本っぽい。カーカのお酒は一口飲んであとは私。

次の一皿と白ワイン。何かをラザニアの皮で巻いてホワイトソースをかけたやつ。メインは小さなお肉を煮たのとなすとポテト。デザートはさっぱりとしたライチのような味で白キクラゲとかんぴょうみたいな野菜を細く切ったものとアイスクリーム。お酒を飲んでたこともあってあまり覚えてないけどどれもちょっと風変わりなものだった。計73・9ユーロ。

店を出て、うーむ、と思いながら歩く。厳しく評価するとカーカが怒りそうなので感想は言わなかったけど、黙ってるところをみるとカーカもそれほどではなかったのかも。

そのまま近くのカサ・ミラへ。

カサ・ミラ。ガウディ設計の高級アパート。ここも見たかった建物。波打つ外観。工事中でほとんどの部分にカバーがかけられている。わずかに見えていたのはチケット売り場上部の外観のみ。バルコニーの鉄のデザインが重々しくていい。人もわりと多い。

またあちこち見物。屋上の煙突や換気塔がおもしろい。兵士の兜《かぶと》に見えた。最上階の展示場には建物の模型や、ガウディがデザインに取り入れた自然のもの(動物の骨、木の枝や実、植物、貝殻、蜂の巣など)が展示されていた。アパートの一部も見学でき、家具や壁の装飾を見ることができた。家具類はとても古いものだった。

1時間ぐらいいて出る。もうこれでガウディの建築物を4つ見た。なんだかもう充分という気がする。

ホテルへ向かって歩きながら、歩道に植えられている木の幹を見てきれいだなあと思った。モザイクみたいな模様。この木、たまに日本でも見かける。そのたびに好きだなと思っていた。調べたら、プラタナスだった。日本ではすずかけの木というらしい。冬になると丸い実がたくさんぶらさがる。ジグソーパズルみたいな形の模様と緑の濃淡。その模様と色に、心惹かれる。


ホテルに戻って、屋上のプールに行ってみた。

「プールサイドにはスタイリッシュなグルメバーが併設され、サグラダ・ファミリアも見える」ということなのでちょっと見学に。すると、小さな屋上には真ん中に誰も泳いでない6畳ぐらいのしょぼいプール。でも見晴らしのいい周囲にはテーブルとイスがぎっちり並んで人がいっぱいだった。みんなこういうところでのんびりおしゃべりするのが好きなんだな。日を浴びて。観光に行くでもなく夕食まで軽く飲みながら……？　私たちも空いた席にすわってオレンジジュースを注文した。味はふつう。ついてきたナッツは少々しけってた。

しばらく部屋で休んで8時に夕食。カーカの発表によりレストランは歩いてすぐの「コスタ・ガジェガ」に。ここも私のガイドブックにも載ってるわ。観光客の多いカジュアルな大型店らしいがパエリアを1回は食べたいねということで。魚介のパエリアとイカスミパエリアは各1回ずつは食べたい。サングリアはおいしくないと書いてあるが。タコのなんとかを食べたいとカーカ。

入り口には生ハムのかたまりがたくさんぶらさがっていて壮観。

まだ早いのでお客さんはほとんどいない。奥の広いテーブル席には他に一組いたかどうか。でも、注文するものは決めてきた。サングリアと水、イベリコ生ハムのハーフサイズ、パン・コン・トマテ、カーカ希望の茹《ゆ》でムール貝とタコのガリシア風、パエリア。

確かにサングリアは水みたい。生ハムは昨日のと全然違う！　おいしくないわけではないけどあの芳香も口の中に広がる甘みもない。量は多かった。値段は18・9ユーロ。こんなにいっぱい食べられないから敷いてある紙に包んで半分持って帰ることにした。パン・コン・トマテは水っぽかった。ムール貝はすごく量が多かった。小ぶりのバケツいっぱい。よく茹でられているようで身は小さくなっている。2センチぐらい。身が小さいから食べられた。茹でたタコにオリーブオイルとパプリカをふりかけたタコのガリシア風は……、うーん。やわらかくないし私は好きじゃない。カーカもそれほどでもなかったみたいだけど半分ぐらいは食べてた。

そしてパエリアが出てきた。ふたりで食べるには量が多い。もうおなかいっぱい。でもどうにか7割がた食べる。カーカが。計74・35ユーロ。

失敗した……と言いながら帰る。生ハムもパンもどうしても昨日のところと比べてしまう。パエリアは多すぎるし、タコもあんまり……。でも、まあこれも経験だね。カーカはムール貝を食べたかったからよかった、と言う。

今日はグエル公園がとても気持ちよかった。昨日に続きほんわかしあわせな気分。

早く寝たら3時半に目が覚めた。また思う。

先のことを思いわずらわず毎日を安らかにすごすことが大切で、そうできれば自然というふうになる。ということを信頼すること。

4日目　9月27日（土）

9時40分起床。昨夜は2回、目が覚めたけど、まあまあ眠れた。

食のバカ……、いや食の小鬼カーカが、今度は分子料理を食べたいからレストランを予約しろという。選んだのは「コメルス24」というところ。分子料理とは「分子レベルで調べた原理を使って作る料理」のこと。私は今回はそういうところに行かなくてもいいし、英語もスペイン語もしゃべれないんだからあえて無茶したくないので行きたくないと言ったんだけど怒るので（機嫌が悪くなってちょっとケンカっぽくなる）、出かける前にホテルのコンシェルジュにお願いすることを約束した。星付きの人気レストランなのでまず無理だろうと思いつつ。

今日は旧市街の観光。まずサン・ジュセップ市場に行く予定。さあ、市場で朝食だ！　おいしいところがあるらしい（私の調べで）。

ホテルのロビー脇にあるコンシェルジュデスクに向かい、そこにいた堂々たるイケメン男性に「レストラン、リザベーション、プリーズ」と告げる。にこやかに応対してくれ、カーカの指定したレストランの名前が書いてある紙を渡した。しばらく調べて、そこは人気店だということがわかったようでちょっと難しい顔をしている。今日の夜か明日の昼か夜、と言ったら、お店がオープンしたら電話してみるので大丈夫だったらお部屋にメッセージをドアの下から差し入れます、メッセージがなかったらダメだったということでいいですか、という。了解と言って外へ出る。

品のある男性だった。カーカが「カッコよかった」とさかんに言い、あんな人と話せるようになるなんて(カーカが話したんじゃないけど)……と興奮している。

地下鉄で2駅目のリセウ駅で下車。地上に出ると歩道にミロの絵のモザイクがあり、そこから150メートル、と思いながら進んだけど、ない。閑散とした広場があるだけ。カーカの携帯で現在地を調べたら逆方向に歩いていたことが判明。すぐに戻る。あったあった。サン・ジュセップ市場。

果物を搾ったフレッシュジュースのお店があったので、私はココナッツとマンゴー、カーカはキウイを買って飲む。ココナッツ入りじゃなくてもよかったかも。こってりしすぎた……。それから生ハムスライスのパックをお土産に2袋買った(硬くてあんまりおいしくなかった)。この市場の中においしいバルがあるはずなので探したんだけど、同じような名前のお店がたくさんあってよくわからない。歩きながら玉子屋や肉屋をのぞく。肉屋では羊の頭や脳みそも売られていた。

揚げ物屋さんがあったのでひとり一串《くし》買って食べる。冷たくて味はそれほどおいしくなかったので紙に包んで手提げに入れた。カーカはおいしいと言ったけどやはり半分しまってた。口直しにまたジュースを買う。私はメロンジュース、カーカはスイカ。私のはおいしかったけど、カーカのは熟れすぎたスイカの味でとてもおいしくなく、さすがにちょっと飲んで捨ててた。

探していた市場内のカウンターバルをついに発見。でもまわりに人がたくさんいて落ち着かず、それほどお腹もすいていないのでしばらく迷いながら見ていたけどやめて外に出る。

市場って、私はそれほど好きじゃない。冷えていて、あまりにもザワザワしているから。でも色がきれいでめずらしいものもあり、活気があっておもしろかった。

それから、ガウディ建築のグエル邸を見学する。

その建物はすごく凝っていた。普通の家の10倍ぐらいの密度。息苦しいほど重厚。今までのガウディ建築とは違い高級な邸宅だったが、屋上の煙突だけは変わらずかわいらしかった。

重厚さに疲れて、また満足もしてそこを出る。

お昼です。カーカ指定の「ラス・キンザ・ニッツ」へ。そこは今朝、間違って行ってしまった閑散とした広場の一角にあった。朝は静かだった広場も今は人がいっぱいでにぎやか。レイアール広場というところ。アクセサリーやいろいろなものを売っている。外のテラスにたくさんテーブルが並んでいたのでそこに座った。けど、私だけにちょうど太陽の光がさす席だった。暑い。「ここではイカスミのパエリアだけ食べればいい」と小鬼カーカ。パエリアは昨日失敗したけどイカスミのも一回は食べないとね。

で、ほうれん草とドライトマトとウォールナッツとチーズのサラダ、バルサミコドレッシングというのと、イカスミのパエリアを注文する。

まわりの人たちを観察しながら待つのはなかなかたのしい。観光客も多く、その人たちが食べているのを見るのもおもしろい。あんなのがあるんだ～とか。このふたりはひとこともしゃべってないとか。こっちの上品な奥さまグループは近所の集まりかなとか。

ジャグリング芸人が柱の陰で練習してる。

サラダが来た。これは思ったとおりの味でとてもおいしかった。ぺろりと食べる。次に、イカスミのパエリア。アリオリソースつき。イカスミパエリアの味はおいしかったけどやはり量が多い。4人か5人でちょうどいいかも。そしてそれについていたアリオリソースのにんにくがすごく効いていて私はそれ以降、胃がもたれてしまった。パエリアがどうにも進まず、サラダをもう一つ注文してテコ入れすることにした。さっきのサラダがわりと繊細だったのでここのはいいかもと思い今度は別のにした。すると、来たのはにんじんやキュウリやトマトや赤玉ねぎを大きく切ってレタスの上にのせたサラダで、ものすごく食べる気がわき起こらないサラダだった。苦しい……。さすがのカーカも口数少なく食べ続けている。どうにかおおざっぱに食べつくし、そこを出る（34・34ユーロ）。

パエリアはやっぱりふたりではむずかしい。どうしてもここで食べたいってほどじゃない。日本のでもおいしい。大人数の時にちょっとだけあったらうれしい。自分の食べたい量だけ小皿にすくって食べることができる状況で食べるのがいいかも……などと感想を言いあう。

これから旧市街を散歩。バルセロナで最も古いエリアで、迷路のような細い路地が続き、歴史的建造物が密集しているところ。左右にお店が並ぶ細い路地を進む。ずいぶん人が多い。賑《にぎ》わってます。

左側がやけにキラキラ光ってるなと思ったら上から吊《つ》り下げる飾りの店だった。クルクルと。目が回るほどキラキラが3Dで渦巻いていた。刃物のお店では包丁、ナイフ、ハサミ、サーベルが壁中にびっしり。携帯カバーの店があったのでサコのカバーが壊れていたことを思い出し、お土産にひとつ買う。なにも絵が描いてないシンプルなもの。

サン・ジャウマ広場へ出た。ここがお祭りで人間ピラミッドをする広場だって。そこからまた細い路地を歩いていたら建物の上の方にいろんな彫刻があって人々がぶらぶら歩きながら見上げて写真を撮っていた。私たちもあれこれ見て、この顔、この犬、これがかわいいとか言いあう。

あちらこちらに楽器を演奏する人、聴いている人がいた。

右側にカテドラルがあったんだけど私たちは「カテドラルは見なくていいね」と直進してしまった。あとでわかったけどそこにはカテドラル、王の広場、市歴史博物館がかたまってあって、博物館にはローマ時代の街の跡、公衆浴場や水路が残ってるのだそう。浴場は温水、ぬるま湯、冷水を選べるようになっていたとか。見学したかったなあ。また次の機会に。下調べしないで行くと何かを発見した時に新鮮な驚きを味わえるけど、いいところを見逃すことがあるので、一長一短だなあ。

でも考えてみると私はこういう街歩きが本当に好きなのかどうか。

そう、それほど好きじゃない。どっちでもいいとよく思う。でもこうやってあとで知って興味を持つこともある。自分のやり方でだんだんに自然に知っていけばいいね。

しばらく進むと、ああっ、またジョニーが！

でも今度のはよく見るとジョニーじゃなくてスポンジ・ボブだ。むむっ。でも今回もじっくり見たけど糸は見えなかった。スポンジ・ボブだからサコに買ってもよかったかな。いやいや、これは技術が必要だから。それにもうスポンジ・ボブを好きじゃないだろうし。好きだったのは小学校の頃だった。

それからピカソの壁画のある建物をチロン……と見て通りすぎ、その道沿いにあったバルセロナ・ダリ美術館へ入ってみることにした。ダリの彫刻、水彩画、版画、オブジェなどの作品700点あまりが古い宮殿内に展示されているという。バルセロナから電車で2時間のフィゲラスという町にダリ自らがデザインしたという大きなダリ劇場美術館があるので、こちらの方は小物かも。

で、入ってみて驚いたことにお客さんがだれもない。私たちふたりだけ。係の人も受付にいただけで途中には誰もいなかった。かび臭く陰気な不思議な雰囲気。なんだか息苦しいので「早く出ようよ、出ようよ」と私は先を急いだけど、カーカは写真をたくさん撮っていてなかなか進まない。最初のふた部屋だけかと思ったら次から次と。案外多くの小部屋に小物たちが陳列されていた。誰もいないので彫刻の前でのびのびと記念写真を撮ったりした。よく見るとかわいい絵がたくさんあったけど、あまりにも多いので見る気をなくしてしまい、外に出た時はホッとした。

あんなひとっこひとりいないなんて……。外の道にはこんなに人がいるのに。みんな明るい外が好きなのかな。また行ってじっくり見たい気がする。油絵はなかったし小物かもしれないけど、さらさらと描いたような小さな絵には風変わりさがあふれてた。こっちの集中力が続かなかったなあ。急だったから心の準備ができてなかった。もっとよく見て何かを感じようとすればよかったかも。彫刻の前でふざけてばかりいないで。ふふ。あのうす暗さ、昔っぽさ。異次元みたいだったな。

バルセロナ・ダリ美術館

彫刻の前で おもいっきり のびのびと
記念写真をとる。

かわいかった絵

ビョーンとなった時計の絵も

その先に続いていたのはカタルーニャ広場だった。中央に噴水があり市民の憩いの場という感じ。大きなしゃぼん玉を作ってる人がいて男の子が楽しそうに追いかけていた。いつまでも飽きずに。

売店でお水を買おうと思ったけど2ユーロだったので「高い」と思い、やめた。

それからカタルーニャ音楽堂っていうのがきれいなんだってと聞きつけた私は、見学しようと行ってみたけど時間が過ぎてた。残念。なので脇にまわって道端から外観の柱を見上げた。お花模様のモザイクなど装飾が凝っている。他にも観光客が数人いて見上げてた。

そこに行く途中、壁面に目玉がたくさんくっついてる建物を見た。ホテルらしい。目玉がびよーんと壁から出ていて、これをどういうふうにつけたんだろう……、その時、職人さんはどういう気持ちだったろう……などといろいろ想像した。

通りぞいにスーパーがあったのでお水を買う。レジのところに食べ残したものを包んで持って帰れるビニールの入れ物（キッズ用）があったのでこれから使うかもと思い、迷った末、カーカの勧めもあってそれも買う。今もすでに串《くし》が手提げの中にあり、これまでも小イカのフリットや生ハムを持って帰っていたから。あとお菓子をカーカが買ってくれとレジに持ってきた。

ジャウマ・プリメ駅から地下鉄に乗って2駅目のホテルの最寄り駅パセジ・ダ・グ

食べ残したものなどを包む
ビニールの入れ物

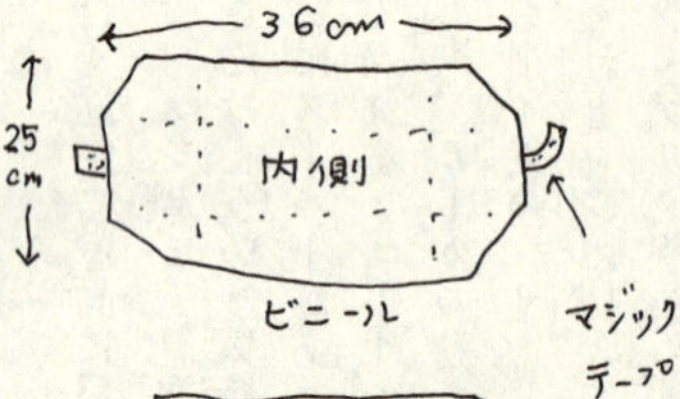

外側は布製
イラスト入り

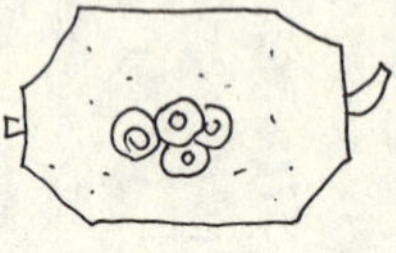

中央にのせて、

パタパタと とじて、テープで とめる。

汁ものでなければOK。
大きさも わりと フレキシブル。

レジで
「う～ん」と
迷っていたら、

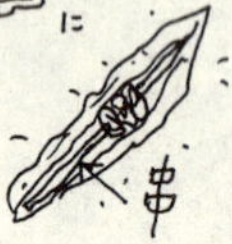

でも、
そのあと、
結局、
使わず…。
日本で
使うかな…。

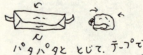

ラシアで降りて、帰る途中にあるマンダリン・オリエンタルホテルのロビーやテラスのカフェをちょっと見学する。

そして本日のカサ・バトリョを歩きながら見てからホテルに帰る。5時。

すると、部屋に手紙が！　あの人からだ。コンシェルジュの！

今日の予約はいっぱいで、明日は定休日なのだとか。またいつでもどうぞと丁寧に書いてくれていた。カーカが「これ、宝物にしよう」と感激している。

そのままごろんとベッドに寝転がり、くつろぐ。

……すずしくて気持ちいい。

カーカはさっそく昨日の生ハムをモグモグつまんでる。「うまいよ」。お菓子はさっき地下鉄の中ですでに食べていた。

疲れたのか、それから寝て、寝て、寝て……。7時、9時……。もう夕食は抜きだな……。ちょうどよかった。胃がもたれてたから。アリオリソースが濃厚で……と思いながらまた寝て……、すごく寝て……、夢も見て……。

起きたら12時。となりを見るとカーカも目覚めてる。

ずいぶんよく寝てた。私はてっきり次の日のお昼の12時かと思い、「今日、カーカが行きたがってたサッカーのスタジアムに一緒に行ってもいいよ……」とやさしく言ったら、「行かなくてもいい……」なんて言う（カーカがサッカースタジアムに行きたいと言っていて、じゃあ最後の一日はそれぞれ自由行動でもいいよ。ママはモンジュイックの丘に上ってロープウェイに乗ろう、と話してたので）。

カーテンをちょっと引いたら真っ暗。次の日じゃなくてまだ夜の12時だった。

それから本を読んで、また眠り、寝たり起きたりを繰り返す。

今日の……、旧市街散歩、とても楽しかった。

✈ 5日目 9月28日（日）

8時起床。

今日の朝食はホテルにしようか1回ぐらい、ということになり、9時にホテルのレストランへ。バイキングでそれぞれ好きなものを食べる。何種類ものハムやパンやチーズ。デザートも充実している。ディスプレイも美しく、一気に興奮する。シャンパンもあったけど飲まなかった。つぎ方がわからなかったので。ホテルの人についでもらうんだろうな。

特においしかったのはホームメイドヨーグルト。ふわっとしたスフレみたいなうす甘いチーズケーキみたいな味でビンに入ってて上と下をフルーツソースで挟んである。

2個食べた。

でも料金も高く、ひとり26ユーロ。少食なのでもったいない感じ。

ゆっくり準備して11時ちょっと前に出発。今日はカーカが行きたいという衣装博物館（アルフォンソ13世の住居だったというペドラルベス宮殿内にありヨーロッパの織物や衣装が年代順に展示されている）と、近くのグエル別邸に行く予定。私は電車の路線図をじっくりと見て、どうやったらいちばん簡単で早く行けるかを研究した。そして地下鉄じゃなくＲＥＮＦＥ近郊線でここからひと駅のサンツ駅に行ってから地下鉄に乗り換えて4つ目のパラウ・レイアール駅で降りるのがいちばんいいと判断し、ＲＥＮＦＥ線の改札を入った。が、ホームに入ってわかったんだけどこれは遠距離の電車みたいで人もまばらにしかいなくてシーンとしている。空気もひんやりとしてる。しまった！

手軽な地下鉄にすればよかったと思ったけどもう遅い。電車が来そうだったので、そこにいた人に地図を見せて「このサンツ駅に行きたいけどこの電車でいいのか」と身振りで聞いたら、「この次の、この次の」というジェスチャーをしていた。それは「この次の駅」なのか「この次の電車」なのかわからなかったので、慌てない方がいいと思いその電車には乗らずに見送った。そしてどうしようかと迷ったけどとりあえず次に来た電車に乗ってみることにした。まちがっていなければ次の駅がサンツ駅だ。電車が来た。乗り込む。大きな重たい電車。人もあまりいない。ゴーゴーと走り出した。一瞬、ものすごく遠くまで連れていかれるかもしれないという恐怖心がわきおこってきたが、考えてもしょうがないから「まあ。どうにかなるよね。考えてもしょうがない。なるように任せよう」と言ったらカーカも「そうそう」と言うので黙ってじっと座ってた。ずいぶん長く感じたけど10分ぐらいで次の駅に着いた。そこはサンツ駅だったのでよかった。改札を出る時にまた回数券が必要だったので地下鉄2回分の料金がかかってしまった。でもよかったよかったと安心する。そこから地下鉄に乗り換える。なじんだメトロのマークを見た時はホッとした。

めざす駅に着いて地上に出たらパラッと雨粒が落ちて来た。あらっ！　今日は雨？　まずい。空はどんより。しばらくこのままもってくれればいいが。ペドラルベス宮殿というのはペドラルベス公園の中にあり、その公園の前の噴水では子供がおもちゃのボートをリモコンで走らせていた。公園を進むあいだにも雨がポツポツ。木立ちの向こうにまるく刈り込まれた木が見えたので写真を撮りながら進んだけど、まるい木を撮ってる場合じゃないと気持ちはあせる。ペドラルベス宮殿に着いてみたら今日は博物館はお休みだった。ショック。

じゃあグエル別邸に行こうかと言いながら、雨足が強くなったので木の下で雨宿り。暗い木の下でじっと待つ。

しばらくしたら少しやんできたので、グエル別邸に行って見学しながら雨が止むのを待とうと思い、急ぐ。

塀の上にモザイクの塔が見えたのでそこだとわかった。入り口へ着いたら扉が閉まっていて英語の見学ツアーが15分後にあると書いてある。他にも数人の観光客が来てその看板を見て立ち去ったり、とどまったりしていた。私たちは門の近くの木の下で待つ。英語はわからないけどここまで来たら入ろうと思って。中から女性が出てきて何か説明を始めた。バイクで来たカップルともう一組のカップルと私たちの3組でその説明を聞く。写真を見せて何か言ってる。ツアーの内容と金額みたいだ。バイクのカップルは何か質問をして会話してたけど、そこから立ち去った。私たちともう一組は時間まで待った。

時間になりツアーが始まった。何か言ってるけどぜんぜんわからない。私たちが英語がわからないということが、ギャグに笑わなかったことでわかったようで、それからは主にカップルに向けて話していた。ポツポツ雨の降る中、庭を歩き、説明が続く。そしてその時わかった。グエル別邸というのは今まで見たようなお屋敷見学ではなく、塀に囲まれた庭の見学だった。建物内部は最後に荒れたホールをちょっと見ただけ。

言葉がわからないとちんぷんかんぷんで、特にガウディに興味のある人でなければ門の竜の鉄細工を外から見るだけで充分というものだった。

失敗……。1時間も雨と退屈を我慢する。

終わって、係の女性に門の前でカメラのシャッターを押してもらった。これがこの旅でカーカと私の唯一の記念写真になった（人に撮ってもらったのでは）。サンキューと笑顔で別れる。

雨の中、トコトコと歩いて駅の方へ戻る。雨に濡《ぬ》れながらも、花壇の白い花がきれいだと思い、写真に収めたりする。

カーカが、そこからサッカースタジアムが近いことに気づき、どうしても行ってみたいと言う。私は行きたくない。理由は、全然行きたくないから。

でもしょうがないので……行ってあげることにする。

歩いていたらどんどん雨が強くなってきた。これは困った！

大学の校舎の3メートル四方の屋根があるところで雨宿りする。他の人も数人駆け込んで来た。やむのを待つ。

濡れないように真ん中に寄って、雨が地面に落ちて跳ねかえる様子や道路を走る車が作る水しぶきや濡れて光る植え込みの木の葉などをぼーっと見る。なんだか昔読んだ外国の小説を思い出した。

なかなかやまないので、あと400メートルぐらいだから、少し雨足が弱くなったところで飛び出して走る。濡れたまま、建物の中に飛び込む。

そこはバルサのオフィシャルショップ「メガストア」だった。蛍光色が美しくまぶしい、宇宙空間のような別世界。おお。雨も降ってないし、うれしい。

そこで何か買いたいというカーカ。いろいろ迷って、ユニフォームのパンツ（メッシの10番）がいいというので、カーカとサコに買ってあげる。

外に出てもまだ雨は降っていた。屋根の下でしばし考える。

目の前にスタジアム見学ツアーのチケット売り場が見える。

人が少ない。とても。

でも私は別に見学したくない。

でも、FCバルセロナの本拠地で収容人数9万8000人というヨーロッパでも最大規模というその「カンプ・ノウ・スタジアム」はひと目見てみたいかなあ。

でも寒いし帰りたいし時間かかるのは嫌だし……。

カーカは見学したいみたいだったけどそこまでは頼めないと思ったのか黙ってる。

「今だったらすぐに買えるね。こんなにすいてることないかも……」とつぶやいただけで。

結局、服がぬれてるのが気持ち悪かったのでタクシーで帰ることにした（今思うと……、見学させてあげればよかったかなあ。でもその時は帰ろうと思ったんだからいいや。またいつか機会があった時に。機会というのは来る時は来るものだ）。

タクシー拾えるかなと心配しつつ、雨の通りへ出てみる。バス停の屋根の下で待つ。車はあまり通ってない。

あ、来た！　向こうの車線を走ってるけど手を挙げて呼び止める。

止まってくれた。よかった〜。

乗り込んでホテルの名前を告げ、若いドライバーが「わかった」と頷《うなず》き、走り出す。

「雨だから、もしモンジュイックの丘に行ってても歩けなかったわ。今日はこれでよかった……」とカーカにつぶやく。

ホテルに帰りつき、着替えてホッとする。部屋はいいね〜。濡れてない。

しばらくのんびりと休んでいたら雨が上がった。なのでお昼ご飯を食べに行くことにする。今、3時。

どこに行こう。

「このすぐ近くに人気のバルがあるからそこに行こうか」と私が決めた。カーカはそこは気乗りしない様子。すごくおいしいって口コミが多数なんだもん。

本日のカサ・バトリョを通りすがりに見てからそのバル「なんとかコンダル」へ向かう。また雨がポツポツ降って来た。しまった！

ホテルの傘を持って来るべきだった。でももう遅い。

バルへ着いたらすごく混んでいて人があふれるように待っていた。やはり人気なんだ。待ち時間は20分ぐらいというので名前を告げて予約する。待っているあいだにカウンターの上のタパスの写真を撮って注文にそなえる。

20分ぐらいしたら名前を呼ばれたのでついていく。小さなお店かと思ったら広かった。奥のスペースも2階もあって、2階の奥の部屋に通された。小さなテーブルについて注文するものを考える。

混んでいて、ウェイターは少なく、なかなか注文を取りに来ない。呼んだらやっと来て、画像を見せてサラダを頼んだら、それはなかったので、ロシア風サラダというのにした。ほかに、一度食べたかったエビの串《くし》焼きとししとうの素揚げ、ものすごくおいしいと口コミで書かれていた豚肉とチーズをはさんだサンドイッチ、この前ほかのお店で食べておいしかったマテ貝を焼いたのとなすとアンチョビのタパス、さっき下で見たサラダみたいなのが上にのってるタパス、カーカが見かけて食べたいといったミニハンバーグが上にのってるタパス……ミニハンバーガーって書いてあるこれかな。お腹空《す》いてるので楽しみ〜。

そして次々と来た。

まずロシア風サラダ。これは普通のポテトサラダみたいな味。なすとアンチョビのタパス、これはあんまりおいしくない。アンチョビがしょっぱい。サラダののったタパスはロシア風サラダに似ている。マテ貝は大きくてなんとなくじゃりじゃりしておいしくない。ミニハンバーガーが来たら「食べたかったのはこれじゃない」とカーカ。でもまあ何もいわずに食べていた。豚肉とチーズがはさまってるサンドイッチは見るからにまったく好きじゃなかった。ものすごい量のチーズと豚肉。味も油っぽくて。ししとうは普通。エビは背ワタが残っていてこちらもじゃりじゃりしてて、カーカが「悲しくなった……」とつぶやく。私もどれもこれもまずいので気が沈んだ。小皿のふちにそってぐるりと並んでるエビの背ワタの細切れ。

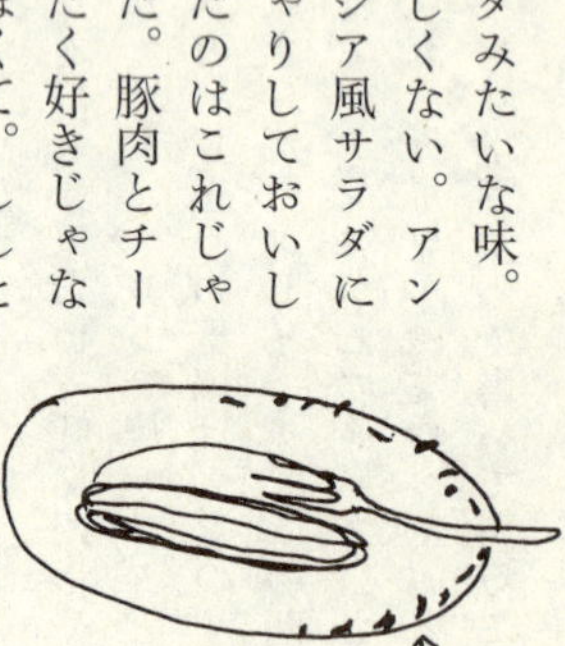

他の人の評価は高いので単に好みの問題なのかな。私たちには合わなかった。46・5ユーロ。

まあ、こういうこともあるかと思いながら会計を済ませて外に出ようとしたらすごいどしゃぶり。みんなお店の前のひさしの下で立ち往生している。雨を見ながらしばらくやむのを待ったけどなかなかやまない。タクシーを拾おうかと探したけど通らない。ちょっと小ぶりになった時に何人かの人が飛び出して行った。傘売りが傘を買わないかと声をかける。タクシーは通らない。

また強く降りだした。

カーカが「どうしてさっき行かなかったの?」と文句を言ったので、私は「じゃあ、べつべつに帰ろう」と答えた。ホテルまで近いからそれぞれの判断で。

傘売りがまた傘を勧める。

するとカーカが雨の中へ飛び出して行った。

私もしばらくしてから飛び出した。走って帰ろう。

雨はどんどん降ってくる。ホテルまで距離にして600メートルぐらいか。軒下を探しながら走るけど、そうそう軒下はなく、みるみるうちに服も髪もずぶ濡れになってしまった。

もう濡れてもいいからどんどん走る。

信号待ちのあいだに空を見上げたら建物の上に美しい像があった。大きな鳥の上で腕を高くあげている。しみじみとした気分で見る。

ホテルに到着して顎《あご》からポタポタと水滴をしたたらせながらロビーを急いで横切り、エレベーターに乗り込む。ちょっと恥ずかしかった。

部屋に入ってすぐにシャワーに飛び込む。やっと温まってきた。バスルームから出たらカーカが帰ってきてた。

「お風呂《ふろ》にはいる？」

「ううん。濡《ぬ》れてないもん」

「ママはずぶ濡れ。顔から雫《しずく》がポタポタ落ちてたよ。どうやって帰って来たの？」

「地下鉄で（すごく縦長の駅なので一度改札に入って最寄りの出口から出たらしい）。ママが走って行くの、見えたよ。ママーって呼んだんだけどすごい勢いで走って行ったわ」

「えっ？　どこから？」

「地下鉄の駅の入り口から。すぐ近くにあったよ。ママも来るのかと思ってた」

「知らなかった。もう走って帰ろうと思って……」

なんかくやしい。

「呼んだのに」

「もっと大きな声で呼んでくれればよかったのに」

「無理だった。すごい速さで走ってたもん」

くやしいので「……体が冷えて寒い……風邪ひいたかも」とそれからしばらく言い続ける。妙に腹が立ってムカムカする。

ベッドに入って私はつぶやいた。

「ママちゃんね……、もうなんにも食べたくない」

それからスーッと眠りこんだ。


目が覚めたのは夜の10時。

夕飯どうしよう。あんまり食欲もないし。近くに食べにいこうかどうしようかといろいろ考えたすえ、ルームサービスを取ることにした。メニューを丹念に見て、スピナッチサラダ、チーズリゾット、レッドカレーを注文する。

30分ぐらいしたら来た。サラダは甘いドライフルーツが入っててちょっと変わった味だったけど、リゾットとカレーは食べやすくておいしかった。ホッとする味。


ところで、旅行中、私たちはサコに連絡をしていない。何かあったら連絡してとといってるので何も来ないということは無事なのだろうと思う。唯一、昨日サコの携帯カバーを買ったことをラインで伝えたら、「ありがたい」と返事が来てた。ちょっとうれしかった。

で、昨日のサッカーのユニフォームのパンツ買ったことも伝えようか、よろこぶかな、などとカーカと話し、カーカがそのことをラインで伝えたら、サコから返事が来たそうだ。

「いちいちそういうのつたえなくていいです。帰ってきてからまとめていってください」

「楽しみがなくなるからってこと？」

「そんなこといわれても。反応できないです。僕はいま東京にいるので」

というクールな返事が！

あはは。

「さすが。たしかにその通りだよ。いいね。いい子に育ってるよ」

「そうだけどさあ……。ママが伝えろっていったんだよ」と苦笑する……カーカ。

ちょっとはしゃいでたかもね、私たち。旅先だから。

今日は雨に降られてさんざんだったけど、それでも楽しかった。

✈ 6日目　9月29日（月）

6時に目が覚めたので読書をする。カーカは8時に起床。

今日はパリに移動する日。

わあ……。バルセロナは楽しかった。好きだった。パリはどんな街だろう。あまり調べてないけど、初めてだからいろいろなことがうまくいかなくてもいい。初めての新鮮さを味わおう。知らないってことを楽しもう。

飛行機の時間は午後3時10分なので12時にここをでればいいかな。チェックアウトタイムもちょうど12時だ。少しずつ荷物を片づける。セイフティボックスから財布を取り出す。私の財布とカーカの財布。セイフティボックスはクロゼットの上のずいぶん高いところにあって目では確認できないので、手をのばして2個の財布を取り出してから底面をさっと触る。何もなし。

「はい」とカーカのベッドに財布をポンと投げて、「パスポート、気をつけてね」

まず朝ごはん。どうする？

考えて、近くておいしかったあの店、「セルベセリア・カタラナ」が朝もやってるらしいから行ってみよう。

トコトコ歩いて行く。9時10分。カウンターに座って、目の前のパンを見てそれぞれに食べるパンを決める。私は生ハムの。カーカはハムとチーズ。それとカフェ・コン・レチェ。

来た。食べる。おいしい！

やっぱりね。勢いづいて、私はパイナップルとメロンの串刺《くし》しを注文した。おいしい。おかわりする。

カーカはアンチョビを食べたいというので、それを指さして注文する。出て来たけど……これは朝、コーヒーと食べるものじゃないね。

隣の人がオレンジジュースを頼んでた。フレッシュな搾りたてのオレンジジュースだ。おいしそう……と思い、それをふたつ頼む。そしたら、そのオレンジジューズがものすごくおいしかった。よくあるオレンジとも違う。色もすこし淡くてやさしく、味はもう繊細でほのか。こんなおいしいオレンジジュースは初めてだった。

とても満足して会計して出る。店の前で記念に写真を撮る。

それから、SDカードがなくなりそうというのでホテルの人に教えてもらったデパート「エル・コルテ・イングレス」に歩いて行く。SDカードを2枚買って、ゆったりと人のいない服売り場を見ていたら妙に楽しい気持ちになってきた。私たちはこんなふうな人のいないゆっくり見られるところが好き。デパートで初めての買い物心が……。なぜかサコの布製ベルトや毛糸の手袋を買ってたわ。手袋って……。そんなのしたことないのに。

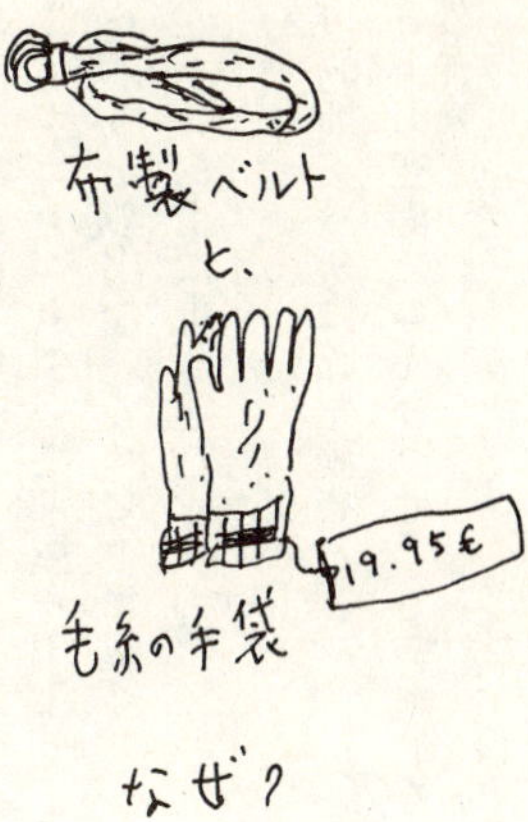

地下のスーパーでも興奮する。人がいなかったので初めて肉の写真も撮った。なんてことないのに。カーカも気分よさそうにしている。

「ママはやっぱり、こういうデパートみたいな大きくてきれいで人のいないところが好きだわ。市場や街中のお店じゃなく、人が少なくて店の人が寄って来ないとこ。ゆっくり気楽に見れるとこ」

バルサミコ酢と水を買ってセルフレジで会計する。が、やり方がわからずもたもたしていたら店員さんが教えてくれた。そんなことも楽しかった。

そんなこんなでホテルに帰り着いたのが11時40分。あと20分しかない。急がなくちゃ。あわててパッキングする。

12時10分にスーツケースをゴロゴロ引いて部屋を出ようとしたら、部屋に電話が！チェックアウトのことだろうから出ないでロビーに急ぐ。

会計を無事に済ませ、タクシーに乗り込む。

ほっ……として次の目的地、パリに心を馳《は》せる。

まずは今からバルセロナの空港でのんびりしよう。お店を見たり、ぷらぷらしよう。タクシーの中でカーカが、「みんないい人だったわ……。かなしい……」といつもの病気。

さあ、パリへ！

1時前に空港に到着し、エールフランスのカウンターにチェックインをしに行く。自動チェックイン機があったのでそっちでやってみよう。案外機械でやるのって楽しいものだ。

eチケットレシートをとりだして必要な数字を入力する。次に、パスポートをスキャンして下さいと出た。私のは手に持ってる。

「カーカ。パスポート」

カーカがバッグの中を探してる。

「ない。ママ、金庫から出した？」

「出してないよ。あったのはママとカーカの財布だけ」

「金庫に入れたんだけど」

「触ったけどなかったよ。よく調べてみて」

「金庫の中だと思う。最初入れてから一度も見てないから」

「今朝、パスポート気をつけてって言ったのに」

そういえばあの金庫（セイフティボックス）、高いところにありすぎて中が見えず、手でさっと触ったけど、全部は触らなかった。もしあそこに置き忘れて来たとしたらこれからどうすれば……と、クルクルッと頭を高速回転させて考えた。まだ2時間あるからすぐにタクシーでホテルに行ってみよう。現金があまりないので両替してこないと。

「カーカ。両替してくるから探しといて」

すぐ前にエールフランスの係の女性がいたのでパスポートをホテルに忘れたので取りに行ってくると片言で伝えて（おお〜という顔をしていた）、両替所をインフォメーションで聞いて両替しに行く。

両替して戻って来たら、やはり見つからない、パスポートを今朝から見てないからたぶんあの中だと思う、とカーカ。

さっきタクシーを降りたところに行ったら、そこは降車口で乗り場は1階だと言う。ああ、そうかと急いで下に行く。タクシーに乗り込み、インド系の運転手さんに真剣であわてている雰囲気で、ホテルにパスポートを忘れたので取りに行ってまたここに戻ってほしいとお願いする。通じたようだ。すこし困った顔をしながらも「トライする。急げば2時までに戻れると思う」と言ってる。そしてとても急いでくれた。途中、前の車にぶつかりそうになって急ブレーキをかけたほど。

車の中で、もしパスポートがなかったらどうするか考えようとしたけど（日本大使館に行って……とか）心配してもしょうがないからホテルになかったら考えようと思いそのことは頭から払いのける。そして「まあ、どうにかなるよ」といつもの態勢に。

無事、ホテルに着いて、運転手さんに「ここで待ってて」と言う前に「ここで待ってます」と言ってくれたので、カーカと走って行く。いいよね人間って。通じ合えるから。

ロビーにあのコンシェルジュがいた。あわてて「パスポートを部屋のセイフティボックスに置き忘れた」と言ったら、部屋番号を聞かれ、優雅な身振りでパソコンで何か調べてる。そして何かを確認してから、「レッツゴー」と言って一緒にエレベーターに乗り込んだ。何か聞かれてあわあわ答えているうちに部屋の階に到着した。コンシェルジュ氏は全然あわてずに優雅に部屋へと向かっていく。そしてドアをノックしてしばらく耳を澄ます、ドアをノックしてしばらく耳を澄ます、という動作を上品に2度も繰り返してからおもむろにキーを開け、中へ入った。そして私たちに見てみてくださいと手でうながす。

私ははやる気持ちをおさえてセイフティボックスのわずかに開いている扉を開き、手をさし入れた。底面は今朝触ったから側面を触った。あるとしたらそこだ。

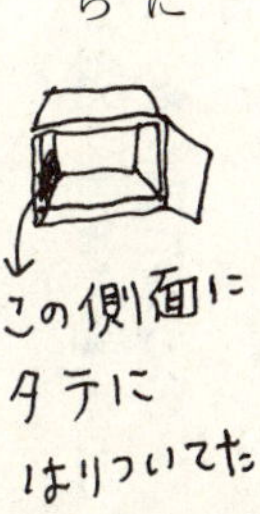

あった！
バカンチンのパスポートが！
あったあったとわかりやすく大げさに喜んで、コンシェルジュ氏にお礼を言う。
下りのエレベーターを待つあいだ、また彼が優雅に「これから日本に帰るのですか？」と聞いてきたので、「いいえ。これからパリに行きます」と言ったら「いいですね。私はパリから来たんですよ」と言っていた。笑顔でお礼を言ってロビーから飛び出す私たち。

……コンシェルジュ氏に、チップをあげればよかった。残念。チップはなにかしてもらった時に感謝の気持ちをこめて渡せばいいと聞いていて、なにかあったらそうしようと思っていたのに、あわてていてその余裕がなかった。5ユーロぐらいあげたかった。

それから待ってもらっていたタクシーに飛び乗り、「ありました！」と笑顔で告げて、空港へとトンボ返り。またまた急いでくれて、2時ぴったりに空港に着いた。料金は52ユーロです、とそのインド系のお兄さん運転手が言った。

ああ、急いでくれたからお礼をしたい、お礼をしたい……と思いながら、あわててたので55ユーロを渡した。

急いでチェックインを済ます。遅かったので別々の席だったけど席も決まり、荷物も預け、搭乗券ももらって、搭乗ゲートへと移動する。

チップを5ユーロ、いや、8ユーロにして計60ユーロ渡せばよかったと後悔する。チップの習慣がないので頭が働かないからしょうがない。次の機会にぜひ挽回《ばんかい》したい。

このバルセロナ・エル・プラット空港のターミナル1は２００９年に完成（バルセロナ出身の建築家リカルド・ボフィル設計）。新しい空港って機能的でいい。広々としてる。薄いブルーがかった色ガラスが多用されていて美しかった。

飛行機に乗り込んだ。となりは男性。「ボンジュール」と言われたので同じように答える。

飲み物が来たのでロゼワインを頼んだ。クラッカー付き。

クラッカーの袋を音をたてないように丁寧に開けて静かにつまみ、ワインをひと口。

ああ、ほっとする。

となりの男性も同じものを頼んでいた。

クラッカー。

ワインをひと口。

ときどき私たち人間はものすごく幸福だなと爆発的に思うことがある。

4時40分にシャルル・ド・ゴール空港に着いた。なるほどおしゃれな感じがするわ。

すぐタクシーでホテルへ。

タクシーの車窓からずっと景色を見る。最初に思ったのは建物の屋上にあるたくさんの植木鉢のようなものは何だろうということ。何十個もぽこぽこ並んでる（煙突の名残だった）。

だんだんパリ市内に近づいて行き、まっ白い凱旋門《がいせんもん》が正面に見えた時は妙に感動してしまった。気分が上がり、そのままシャンゼリゼ通りを進むあいだ左右をきょろきょろ見てカーカとあれこれ感想を言いあう。

歴史を感じさせる街並み、チラリと見えたエッフェル塔、金色の美しいドームやお城みたいな門、銅像、並木。それはそれはなにもかもが美しく見えた。地図を見ながらあれがこれか、今曲がった剣みたいなのが立ってるところはコンコルド広場か……などと思う。サン・ジェルマン大通りに入ったら渋滞していてなかなか進まず、6時10分にホテルの前に到着した。

ホテルはサン・ジェルマン・デ・プレ駅のすぐ近くの3つ星のクリスタルホテル。ここもエクスペディアで予約していたところで、今回はとにかく立地を条件にして選んだ。近くに食事できるカフェやお店がある路地裏密集地っぽいところがいいと。なにしろホテルはたくさんあったけど空いてるところが少なく、何十軒もある中で3～4軒しか候補がなくて、その中から駅に近いということでここにした。4泊で108 1ユーロ。14万7895円。1泊当たり3万7000円（高いですね）。

タクシーが止まったのは「カフェ・ド・フロール」のところで、ここから一方通行の路地を10メートルぐらい入ったところだから悪いけど歩いて行ってもらえますか？と運転手のお兄さんが申し訳なさそうに言う。荷物はふたりとも小ぶりで軽いので全然大丈夫。狭い道で車も多く、「気をつけてくださいね」と言ってた。

ホテルのこぢんまりとした入り口のドアを押し開けて入ると、人んちの居間のような小さなロビー。右手に机があって女主人が座っていた。名前を告げると、「おお～、あら～、まあ～」とかわいらしい高い声でにこやかに何か言ってる。あまりよくわからなかったけどどうにかチェックインが済んだ。

カードキーを2枚もらって、お部屋は5階だけどエレベーターは4階までしかないから階段を上ってね、と言われる。手で開けるエレベーターに乗り込んだら驚いた。3人乗りのとても狭いエレベーターだった。内側のドアは折り畳み式で、到着したら外のドアを押して出る。4階で降りて狭い階段を荷物を持って上る。

パリのホテル事情は、とにかく土地が狭いので部屋も狭いと聞いていたが、本当にそうだった。狭くて短い廊下を歩いて着いたところは屋根裏部屋っぽい雰囲気の部屋だった。4メートル×5・5メートルぐらいかな。でも水回りは最近改装されたらしく、狭いながらも機能的。洗面所の水の流れを真っ先に確認した。大丈夫だった。

バルセロナのホテルでは流れが悪かったのでとても大変だった（今思えばホテルの人に言えばよかったかな。考えつかなかった。面倒だったから。不便と面倒のストレスで面倒が勝ったから。あの時ああすればよかったとあとになって思う、ということは多いが、その時にそういう行動をとった理由がちゃんとあって決断したのだから、後日その時の状況をうろ覚えにしか覚えてない時に後悔しても条件が違うので比較できない気がする。なので後悔というのは大変無駄なことだと思う。つまり、ある行動をやり直したいと思って過去にさかのぼっても、その場に立った時に初めて、見逃していた何かに気づくことがあるのではないかと。人は、その見逃していたことの大きさを過小評価しているんじゃないか。そこを追究すると後悔しないで済むヒントが見つかるような気がする)。

部屋は狭くてうす暗い。怖いぐらい古い……。気が滅入《めい》りそうになる。よく言えば「歴史ある」というのか。いろいろな作家やアーティストも泊まったホテルだと書いてあった。料金の高さは立地のよさがほぼ占めている気がする。

でもまあ落ち着くし、まあいいかと思う。初めてのところだから経験として。

窓からは前の建物が見える。建物の屋根にはやはり小さな煙突が……。

荷物を置いてさっそく散歩に出かける。お腹もすいてる。

地図を片手に細い道を進んだ。カフェのテーブルが並び、だんだん夕暮れが近づいて来ていい感じ。でもどの店に入ったらいいか決められない。どうしようかとウロウロして、ここは？　と外にメニューが出てるカジュアルなお店に入る。山小屋風。いいね。

カーカはエスカルゴとポテトグラタンセット。私はシーフードリゾットにした。

エスカルゴは殻から取り出してあってクリームシチューみたいだった。ポテトグラタンはとても大きい。私のリゾットは食べやすい味だった。

左側は大家族で子どもがカーカのエスカルゴを興味深そうに見ていた。その家族はみんなものすごく大食漢で、サラダを食べてピザを食べて肉も食べていた。

お腹いっぱいになってそこを出る。54ユーロ。

セーヌ川の方へ散歩してみた。気温はちょうどよく、川沿いはうす暗い。

川のほとりに座りこんでおしゃべりしてる人たち。

遠くにライトアップされたノートルダム寺院が見えた。その辺からポツポツ雨が降ってきて、だんだん強くなってきた。急いで引きかえす。途中のスーパーマーケットで水と赤ワインを買って帰る。

隣にレストランがあるので夜遅くまで外は賑《にぎ》やかだった。ザワザワとした話し声が建物の谷間から聞こえていた。

パリにはまだ慣れない。でもたぶん2日ぐらいしたら慣れているだろう。無事にここまで来られてよかった。スリにもあわず風邪もひかず、最後ドタバタしたけど前半のバルセロナが無事に終わり、ここまで来られてよかった。

旅について考えた。

その人が経験した旅から何を得るか、何を感じるかは、その人の価値観や人生観による。数人で同じ旅をしても人によって経験は異なる。食事をすればその味はその人の味覚との関係だし、風景や町行く人を見てもその印象はその人に今まで蓄積されたものによって違う。旅は人それぞれ。

✈ 7日目　9月30日（火）

5時に目が覚めた。

ベッドの中でパリの名所やレストランをいろいろ調べる。あまりにも見どころが多くて落ち着かない気持ちになった。

で、思った。今回は下見の気持ちで、欲張らない、あせらない。成り行きにまかせよう。

カーテンを開けて外をのぞいたら、向かいの建物に似たような髪型の男性がふたり、外を見下ろしていた。

カーカも起きたので9時にすぐ近くのカフェに朝食をとりに行く。有名な「カフェ・ド・フロール」。近くの「ドゥ・マゴ」と見比べて迷った末にこっちに。

あんまり人もいなくて、メニューも温かいものはなく、クロワッサンなどのパン類しかなかった。なのでブリオッシュとチョコクロワッサンと紅茶を注文する。紅茶は味が薄かったし、温かいものを食べたかったのでなんとなくガッカリしながら静かにパンを食べていたら、目の前の床が1メートル四方ぐらい下がっていき、店の人が大きな箱を出し入れしている。それを何回も。どうやらゴミを出しているようだ。店の中の通路でそういうことをやってるのがおもしろかったのですこし持ち直す。狭い土地で工夫してやってるんだなあと思った。

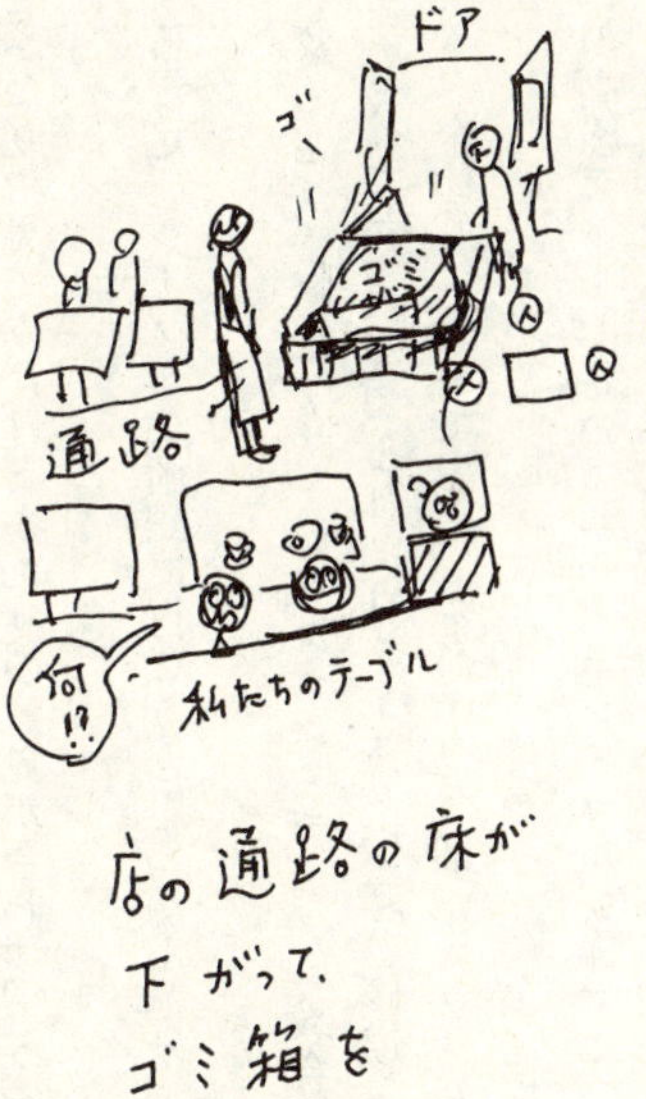
ドア
ゴミ
通路
何!?
私たちのテーブル
店の通路の床が
下がって、
ゴミ箱を
何回も何回も
出してた。

ガイドブックをぼんやりながめてたら、ちょうど私の席から見えるあたりの写真が載ってて「コーナーがサルトルの定位置」と書いてある。「カーカ、このコーナーの席ってどこだと思う?」とふたりで見てみたけどふたりの意見が合わず、うやむやに。

今日はこの界隈《かいわい》を散歩する予定。ルーブル美術館に行こうと思ったんだけど火曜は休みだったから。

カサカサした朝食を食べ終えて、まずはサン・ジェルマン・デ・プレ教会へ。「現存する教会ではパリで最古の524年に建てられたロマネスク様式の修道院付属教会」だって。なるほど古そう。全体的に暗くて黒い。その中で、細いロウソクの明かりがきれいだった。

そこから歩いて世界最古の高級デパートという「ル・ボン・マルシェ」に向かった。公園を通って行くと花壇の花の色が鮮やかできれいだった。ちょうど花の植え替えをしているところでこれから植えつけられる花が地面にどっさりまとめて置かれていた。秋バージョンかな。

もう少し歩いた先の方に、外側が黄色で内側が赤い一重のダリアみたいな花が一輪咲いていて、ハッと目を惹《ひ》かれた。

高級デパートに着いたけど入り口にとても上品そうなドアマンが立っていたのでカーカと即「やめよう」と言って通り過ぎる。見たいものもなかったしね。

で、となりの高級食品売り場へと向かう。その途中、奇跡のメダルを売っている有名なメダイ教会というのがあったみたいだけど気づかなかった。

高級食品売り場は気楽に入れた。野菜、肉、魚、お菓子、いろんな高級食品をおもしろく眺める。食べ物を見るのはとても楽しい。フォアグラコーナーがあって、ご夫婦が店の人に何か質問していた。生ハムがずらりと並んでる冷蔵庫。そこにものすごく巨大な生ハムの原木が！　いったい何の足だろうと思う。2メートルぐらいあった。

おいしそうなケーキやチョコを最後に見てからそこを出る。

地下鉄レンヌ駅の上の通りに市場があったので見てみる。ラスパイユ市場という自然食品（ビオ）市場。肉や野菜などいろいろな店が並んでいた。何なのかわからない食材も多かった。でも市場は買う目的で行くと楽しいけど買わない時に行ったらあまりおもしろくないわ。

歩いていたらクールなチョコレート屋さんがあったので入ってみた。大きなチョコレートの豹《ひょう》がディスプレイされている。ひと通り見てからバラ売りのいろんな味のチョコを買って味見することにした。6個。「パトリック・ロジェ」というお店だった。こういうお店って緊張してしまいなかなかパッとは買えない。

サン・シュルピス教会をチラッと見てから、スイーツやお惣菜《そうざい》の「ジュラール・ミュロ」へ向かう。その途中、またさっきのチョコレート屋さんがあった。そこにもチョコの動物が置いてある。人気のお店なのだろうか（このあとまたもう一店見つけたので歩ける範囲に3店もあるんだ）。

「ジュラール・ミュロ」にはパンやケーキやお惣菜などいろんなものがあった。お惣菜がおいしいという評判なのでぜひ買いに来たい。それから今日のお昼を食べる予定の人気店「ル・コントワール」へ。昼は予約を取らないので行列ができるという店。12時開店で、今は11時50分。もう20人ぐらい並んでる。最後尾について待つ。そこへ韓国人らしき家族連れの奥さんが「ここは有名なんですか？」と聞いてきた。「はい」と答える。「何料理ですか？」と聞くので、「フレンチ……」と言いながら料理の画像を見せる。いいと思ったみたいで、みんな列の後ろに並んでた。このレストランはホテルの1階にあって夜はホテルの宿泊者優先か専用になっているらしく食べるチャンスは昼しかない。見上げるとホテルの窓に花が飾られていて美しい。

「こんなホテルがよかったね……」とカーカとうらやましく眺める。「次に来たらここにしよう」と記録のために写真に収める（しかもこっちの方が料金も安い）。私たちのホテルがある道は裏通りっぽくて、歩道は工事中で殺伐としているの。

12時過ぎに前の人からだんだんに席に案内されていった。私たちも案内された。カウンター横の壁側、私の好きな位置の落ち着く二人がけの席だった。

そこで食べたかったものを画像を駆使して伝えた。だいたい伝わった。フォアグラのテリーヌ、オマール海老《えび》のビスク、エスカルゴ、子羊のグリル。グラスの白ワインを注文して楽しみに待つ。テリーヌとビスクが来た。テリーヌはすごくおいしかった。ビスクも濃厚というよりあっさり味だったけどおいしかった。半分ずつ食べる。カーカのエスカルゴ。私の子羊。子羊はグリルではなく豆と一緒に煮込んだのだった。私は焼いたのがよかった。皮がパリパリで中がジューシーって誰かが書いてたから。でもまあ普通に食べられた。隣のカウンターで働く様子が見えるので時々なんとなく見ていたんだけど、半分にカットしたレモンをプレス機で搾ってレモン汁を集めてコップに入れて出してた。あれはレモンを搾ったそのものの100％レモンジュースだった。あれをそのまま飲むのかな。1杯にレモンを5個は使ってた。すっぱくないのかな。それともそれはあまりすっぱくないレモンなのかな。などとカーカと話す。

ワインを全部で3杯飲んで（そのうち一つは高いの。1杯12ユーロ）、お会計は91ユーロ。

だいたい満足してそこを出る。店内は活気があってにぎやかだった。好印象。

そのまま歩いてリュクサンブール公園へ入る。

天気もよく、大きな木の下のベンチでそれぞれにくつろぐ人々、色とりどりの花、広々とした芝生のまわりの椅子に腰かけて読書をしたり、昼寝したり、おしゃべりしたり、ゆったりと明るい時間が流れてる。そのあまりにもおだやかで夢のようなムードに、思わず「天国……」と心でつぶやく。

しばらくそこの椅子に座ってから、刈り込まれた木立の間を歩き、その奥にある芝生のまわりを丸く囲んで座って読書する人々を見て、ここもまた別の静かなミニ天国だと思う。

そういう情景を目にするだけで気持ちがよくなる。おだやかさが伝染するのか。終始、ぽわんとしたまま、ふわふわと雲の上を歩いているみたいな気分で移動する。黄葉、落ち葉、枯れ葉、子どもの広場で見た流線型の遊具、自由の女神像、木の向こうの花々……。

そこを出て、道の向かいのまるい木が植栽されたビルを反射的に写真に撮って、一度ホテルに帰ろうかと歩き出す。途中、「ピエール・エルメ」があった。カーカが食べたいマカロンがあるというので入る。バラ味の大きいマカロンでライチとラズベリークリームをサンドしたイスパハン（7・5ユーロ　1000円ぐらい）というのと、小さなマカロン4個（2・1ユーロ×4　1個300円ぐらい）を購入。15・9ユーロ。

サン・ジェルマン・デ・プレ教会のところを左に曲がって、すぐ右。ホテルの部屋に帰って、さっそくさっきのチョコレート6個とマカロンを味見した。チョコはいろんな味の。生姜《しょうが》、アーモンド、ピスタチオ、ミント、あと忘れた。イスパハンはおいしいと言っていた。ラズベリーとクリームの中に入ってるライチが。マカロンはココナッツやローズ、オレンジ、ピスタチオとか。オリーブのマカロンが好きだった。けど私にはいつも、マカロンは甘すぎる。

1時間ぐらい休むことにして寝る。

5時半にまた出発。今度はノートルダム寺院へ。途中、パリで一番小さな広場といわれるフュルスタンベール広場を通って行く。たしかに小さくて人も少なく、静かな場所だった。

トコトコトコトコ……。

ノートルダム寺院到着。ごつくて重そうな建物。観光客でにぎわっている。中は広くて暗くて、大きなステンドグラスがあった。反時計回りに回って宝物殿を見るのが正しい見学の順路だったらしい。私たちはなぜか時計回りに回ろうとして途中で「こっちからは行けない」といわれてそのまま引き返し、宝物殿も見ないで外に出てしまった。しかも夕方で塔に上る時間も過ぎていた……。塔に上りたかったわ。

で、横を通って裏に回ってみる。横から見上げると、雨水を流すための動物の形のガーゴイルがいくつも壁からくねくね首を伸ばしていておもしろかった。寺院の裏は美しい庭園だった。花壇に差し込む夕方の陽射しがきれい。寺院の裏面は表と違ってとても細かく、プラモデルだったら部品が多いって感じ。

再び正面の広場に出たらウェディングドレスを着た花嫁と花婿が花壇のフチによじ登って寺院をバックに写真撮影をしていた。私はその花嫁をバックに写真を撮る。

さて今、6時半。これからどうしよう……と考える。帰ってもいいし、どこかに行ってもいいけど……。カーカはお腹が空《す》いているみたい。

「どうする？　帰る？　それとも地下鉄に乗って凱旋門《がいせんもん》にでも行ってみる？」

「どっちでもいいよ」とカーカ。

どうしようかな。これからメトロに乗るって、また新しい挑戦だからもうひとがんばりしなきゃいけないってことだ。力がいるなあ……。

思い切って、行ってみることにした。

いちばん近いシテ駅まで歩く。看板があったので地下に下りる。ガイドブックを参考にしながらチケットを自販機で買おうとしたけどカードが吸いこまれない（実は吸いこまれなくてよかったのだけど）、じゃあカードじゃなくて現金で買おうと思い、となりの現金専用の機械に移る。行き先や人数などのボタンを押して進んでいく。最後の質問が何を言ってるのかわからなかった。けど、カーカが「NON」を押したらキップが出てきた。

改札を入った。4番に乗って、次のシャトレ駅で乗り換えなければ。4番の方へ……。向かったところにはでっかいエレベーターしかない。これに乗るのかな？　だれもいなくてちょっと怖かったけどそれに乗りこむ。大きな金属の箱が動いて、止まって、出る。

それからの乗り換えが大変だった。「シャトレ駅はパリ1くらいの巨大な駅で、乗り換えに10分くらい歩くのはザラです」「乗り換えが大変なのでなるべく利用したくない駅のトップ3に入ります」と言われている駅だった。石の牢屋《ろうや》みたいな地下道を延々歩く。アトラクションっぽい。古めかしい修道院が出てくる映画を思い出す。とか脱走系の映画。

まあ、不安に思いながらもどうにか乗り換えができて、ガイドブックを片手に緊張しながら降車駅のアナウンスを耳を研ぎ澄まして聞き続ける。「シャルル・ド・ゴールなんとかって言ったらそこ、シャルル・ド・ゴールなんとかって言ったらそこ」と忘れないようにずーっと心の中でつぶやきながら、6つ目の凱旋門の駅で無事に降りることができた。

外に出たら凱旋門が見えた。わあっと思って写真を撮る。時間は7時。

でもそこから凱旋門のある場所に行く方法がわからなかった。まわりは広いロータリーになっていて車がびゅんびゅん走ってる。凱旋門はまるで海に浮かぶ小島のよう。どうやってあそこまで行くんだろう。

どうする？　と凱旋門を右手に見ながら思案に暮れつつ丸く移動したらシャンゼリゼ通りにでた。賑《にぎ》わってる。また「あら」と思い、写真を撮る。凱旋門の向こうの夕暮れの雲がきれい。

あとでわかったんだけど、凱旋門に行くには2ヶ所の入り口から地下道で行くしかなく、私が夕焼けと凱旋門をバックに写真を撮ったその場所が地下道の入り口だった。よく観察するとそこには凱旋門の絵やアクセスという言葉も書いてある。地下鉄の入り口かと思ってた……。

凱旋門はあきらめてシャンゼリゼ通りを歩くことにした。私たちは英語もろくにしゃべれないので下手に人に聞いたらとても面倒くさいことになる。なので極力人に聞かないことにしている。

未知のものに対処する時の想像力とすぐに諦《あきら》めて切り替える能力があれば、どの国を旅しても大丈夫。たいがいね。

シャンゼリゼ通りの夕暮れを歩くの、いい気持ち。

ふたりともとても気分が上がって、お店などを見てうきうき感想を語りあう。建物もきれいで飽きなかった。向かいの角にひときわ堂々とした雰囲気の豪華客船のような建物がある。なんだろう、あの自信たっぷりな感じ。と思ったら、それはルイ・ヴィトンの本店だった。前に人が並んでる。なんか違うと思ったわ。

コンコルド広場まで飽きずに歩き、暗くなってきたのでそこからまた地下鉄に乗ってさっきと同じ駅で乗り換えて帰る。帰りの乗り換えは2度目だったせいかさっきほど恐怖感はなかった。なんでも初めての時は良くも悪くもインパクトがある。ということは、初めての経験って貴重ってことですね。1回しかないから。よく味わった方がいい。未知というのは知ってしまったら二度とない。

オデオン駅で降りて、行きたかったロールキャベツがおいしいというお店を探したけどわからなかった。ものすごく丹念にぐるぐる歩いたのに……。しょうがないのでさっき見かけたオイスターバーみたいなところでちょっと牡蠣《かき》を食べようか、ということになった。前菜がわりにちょっと食べて、それからどこかに本格的に食べに行こうと。

そのお店は小さくて、量り売りの牡蠣が5種類並んでるだけで、カウンターとテーブル少々。男の人がひとりでやってる白い色のお店だった。そこで「12個？　24個？」と聞かれたのに「8個」なんておずおずと小さく答えて、それをぺろっと食べてまた6個追加して、合計ふたりで14個。牡蠣ってけっこう食べられるんだね。最初から24個って言ってもよかったぐらい（と思うのは今だから）。

それと、シャルドネを2杯飲んで、魚のスープを1杯飲んだらお会計が76ユーロだったので高いと思い、失敗したと思った。牡蠣なんて日本のでもおいしいのに。よくわからないまま入っちゃって……。

でもしょうがないと思って、もうそれ以上食べる気がしなくなってたから、ふたりでトボトボとホテルに帰る。スープとパンも食べてまあお腹いっぱいになったし。

いつものあの部屋へ帰る。

この部屋は狭くてうす暗い。くつろぐというより寝るだけの部屋だ。私たちのねぐら。小さいので写真を撮るにもこの場所からという1点しかない。

でも出入りに気を遣わないところはいいかも。ホテルというより下宿みたい。華やかさは皆無だけど気楽でいいか。いいね。

ネットでさっき探せなかったお店の場所を必死に探したらわかった。何度もその前を通った店だった。前に張りだしてるテントの色を目印にしていたんだけどそれが新しくなっていたのでわからなかったのだ。

11時にお風呂《ふろ》に入って12時に寝る。外は賑やか……。

きのう買った安い赤ワインは全然おいしくなくて、少ししか飲めなかった。

カーカが寝際に「牡蠣しか食べてないから胃が浮かんでるような気持ち」って。浮かんでる、だって。なんかわかる。

明け方の5時に目が覚めていろいろ思った。思ったよりも牡蠣が高かったのを後悔している。でも値段がわからなかったんだからしょうがない。後悔した時は、「すぐに気持ちを切り替えて忘れる訓練」だと思おう。練習だ。練習、練習。見るものすべて、心を無にして受けとめる。今回の旅のテーマ、今んとこ守れてる。

✈ 8日目　10月1日（水）

朝、カーカが、「カーカがシャワーしてるあいだにママがジュラール・ミュロのお惣菜《そうざい》を買って来て」という。

また私ばっかりとすこしムカムカしたけど時間を節約したかったし、なにより食べたかったのでそうすることにして、ひとりで出かけた。黙々と歩いた。

行ったら、水曜日はお休みだった。ガックリ……。帰る途中、行きがけに見かけたサンドイッチ屋兼カフェでサンドイッチとジュースとカフェオレをテイクアウトしてきた。

「お休みだった……」としょんぼりして帰ると、カーカは風呂上りのさっぱりとした顔で「あら〜」と言う。そして「パン屋で買ってきた」と買ってきたものを見せて、一緒に食べた。ジュースは私がグレープフルーツ、カーカはオレンジジュース。こっそり味見して私が決めて、密《ひそ》かにそういうふうにしくんだの。でもあとでばれたけど。こっそり味見したことが。


今日はルーブル美術館の日。

私はルーブル美術館に対してはふたつの気持ちがあった。

まず、美術館や絵にはあまり興味がなく行かなくても別にいい、という気持ち。それから、前にルーブル美術館に行って何日もかけてじっくり見てみたいと思って本まで買っていた時期があった、あの気持ち。

どっちでもいいんだけど、カーカが前から行きたい行きたいと言ってたので、行こうかな。行くとなったら興味深くじっくり見るという自分で行こう。そう決めた時から俄然《がぜん》楽しみになってきた。

2回目のマカロニの
ホワイトソース

最初の機内食

焼きそば

ロンドン ヒースロー空港 静か

ロビーで待つ

辛い麺

おいしかったらしい
チキンサンド

たたずむおじさん

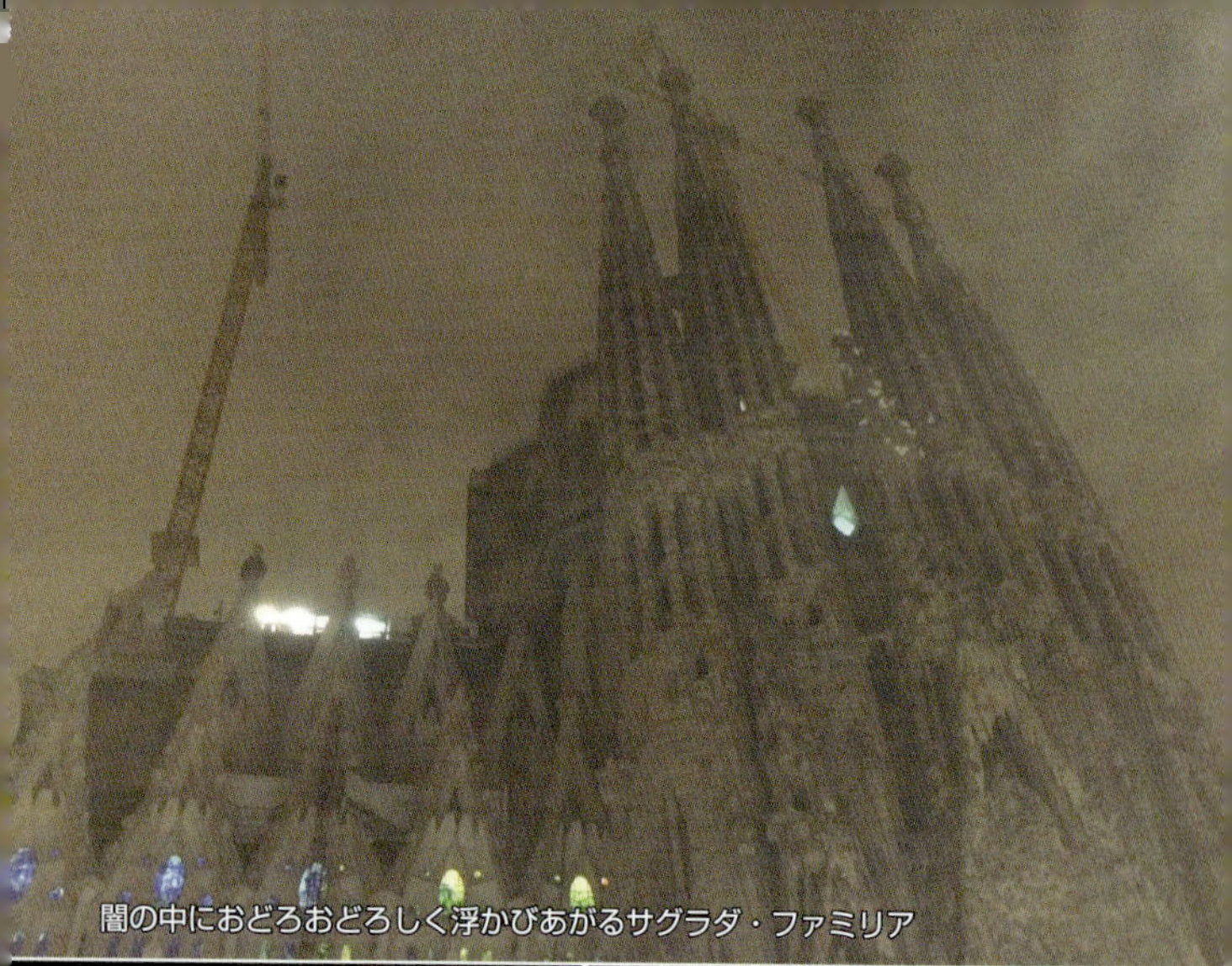
闇の中におどろおどろしく浮かびあがるサグラダ・ファミリア

マジェスティックホテル

歩道の丸いオブジェ

ボカディージョ

部屋の中

カサ・バトリョ

レモンの入った
サングリアがずらり

仮面みたいなバルコニー

◀サグラダ・ファミリア入り口の鉄の葉っぱ

▶地下鉄に乗ります

ステンドグラスごしの光がきれいだった

天井

テントのまわりにはぶどうが

丸く広がるオレンジ色の光とつるつるした丸い絵柄

天井にも埋め込まれてる
ボタンみたいな丸いの

塔の隙間から見えた
バルセロナの街並み

建設途中です

こぼれ落ちる
金貨の雨どい

美しい鐘楼

公園のドッグラン

こっちを見上げてる３人

石の質感

下から見上げる

塔の階段を見下ろす

わずかにあったでっぱり

ステンドグラスで好きだった配色のところ

時間帯によって印象が変わる聖堂

夢中になって写真を撮るカーカ

鉄の扉の虫たち

生誕のファサードを下から見上げた

きのうの夜も見た丸いオブジェ

この配色も好き

受難のファサード

公園から全体を見る

熱いチーズ

いちじくとチーズの前菜

エビを焼いたの

持って帰って
部屋で食べた

小イカのフリット

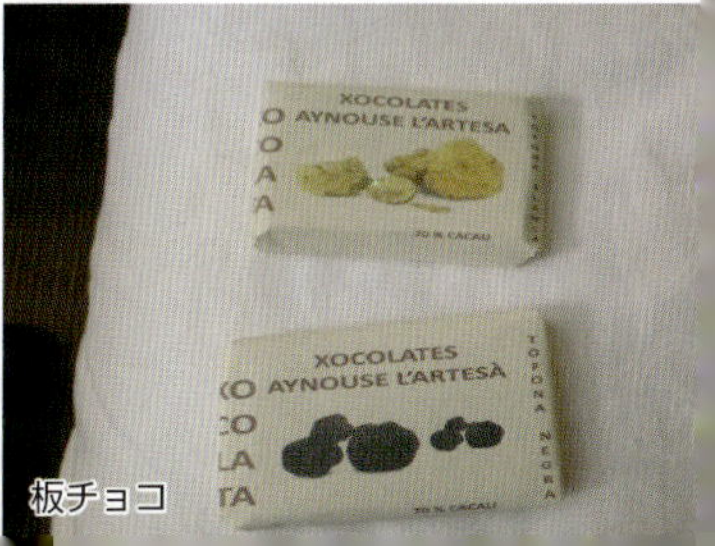

板チョコ

天井の渦まき

カサ・バトリョの玄関ホール

階段を上って

青系統の丸いガラスがきれいだった広間

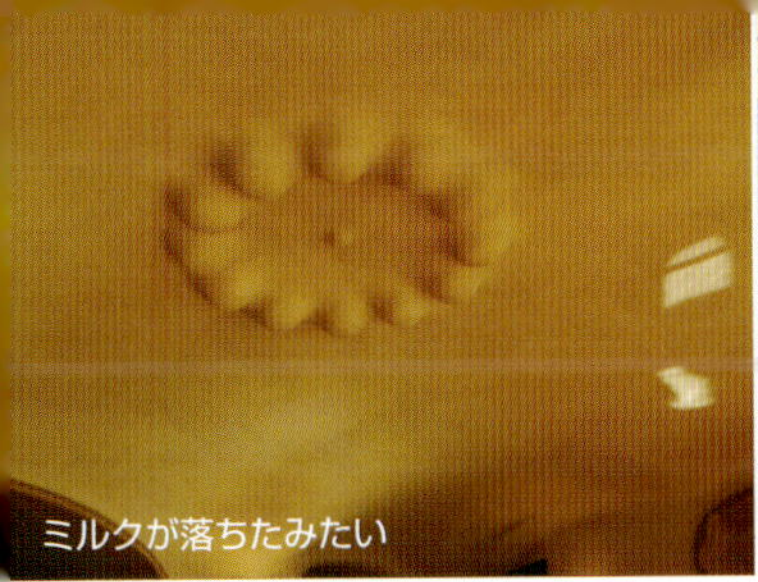
ミルクが落ちたみたい

ドアも流線型

鉄柵

屋上

廊下の天井

細かいモザイクです

パン・コン・トマテ

大人用と子供用の入り口がある
おもちゃ屋さん

ズッキーニの花のフライ

イベリコ生ハム

クレマ・カタラナとバニラアイス

イカと豆など

夜の街

おいしそうなものが並ぶ
カウンター

ライトアップされた
カサ・バトリョ

SOSって

朝のパンを食べたカフェ

グエル公園

グエル公園へのエスカレーター

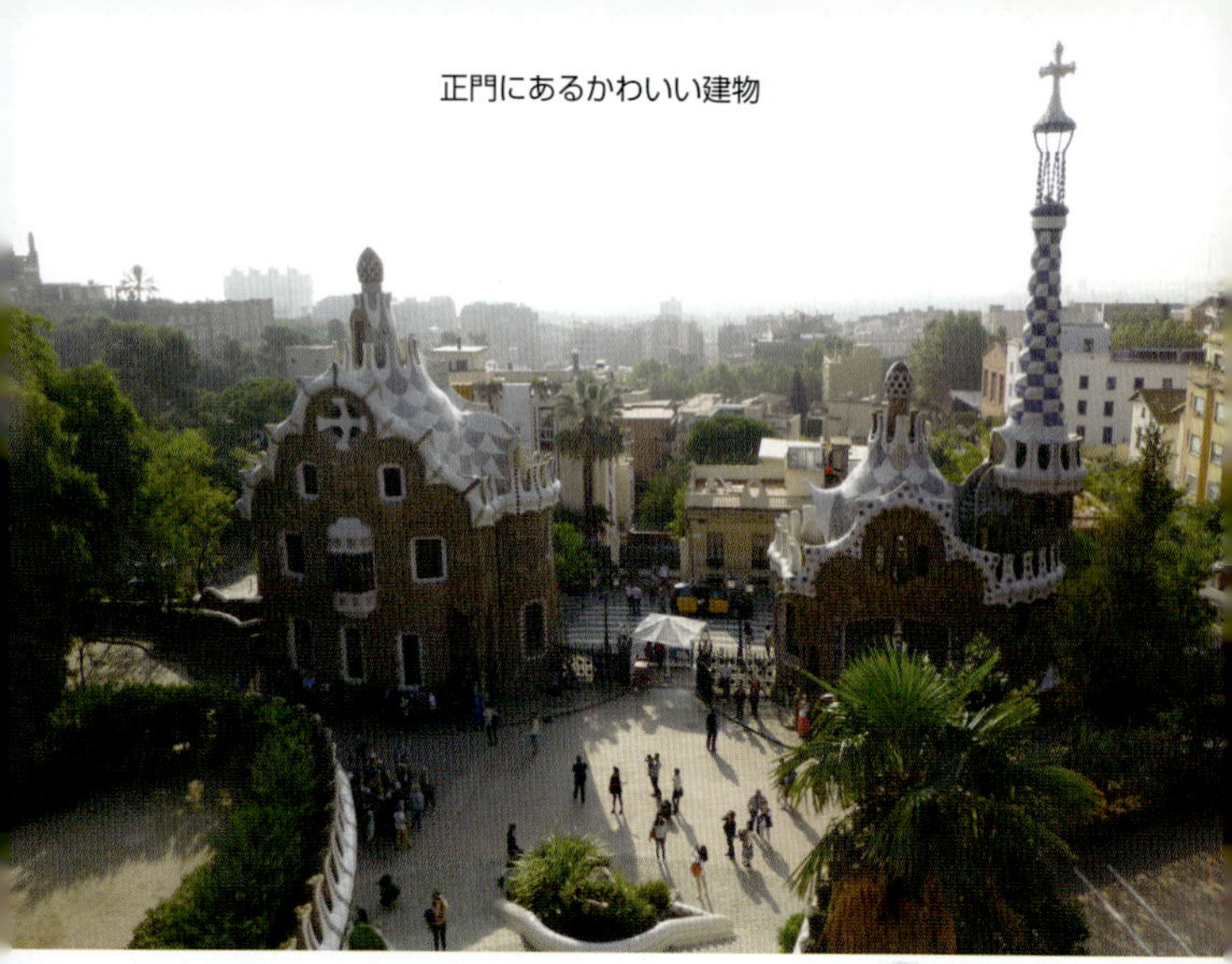

正門にあるかわいい建物

中央広場をふちどる波打つベンチ

ベンチでくつろぐ人々

いちばん好きだったモザイク模様

公園のすみの静かな一角
オレンジ色の建物がガウディの家の博物館

中央広場を支える柱 向こうの建物はグエル家跡
今は小学校になっている

売店になっている管理小屋

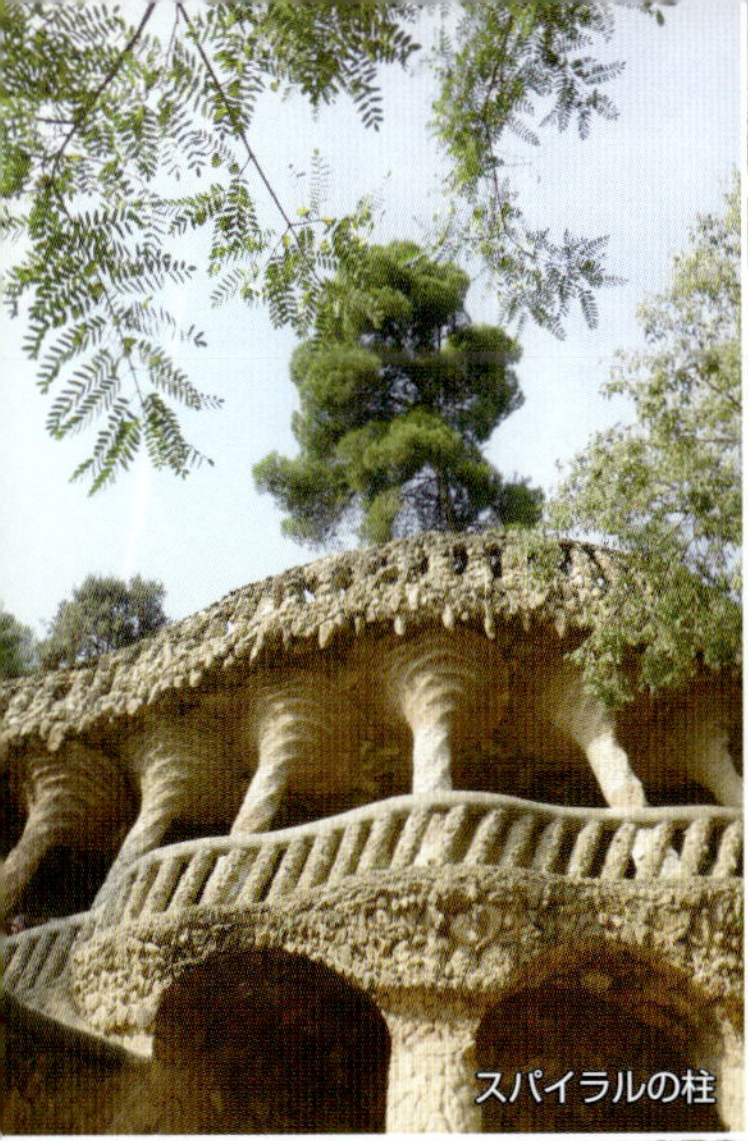
スパイラルの柱

正面から大階段を見る

市場の天井 タコみたい

シュロの葉がモチーフの鉄柵

トカゲのまわりは人だかり

山の上からバルセロナの街を見渡す
右下に花の人が立っていました

断れず一緒に写真を

カーカも

葉っぱの写真ばかり
撮ってた男の子

お父さんの背中に
必死にしがみつく女の子

ベンチで丸く囲まれた中でギターを弾く人
素敵な音色だった 右には体操をするおじさん

もくもくと絵を描く人
楽しそうにおしゃべりするグループ

ゴルゴダの丘満員

傘にピアスを突き刺してる
アクセサリー売り

途中まで上った

下から記念写真

エンバットの
シンプルな店内

スモークサーモンの前菜

さっぱりとした味のデザート

ホワイトソースをかけたもの

カサ・ミラの扉

なんとなく海底を思わせるようなエントランス

屋上

天井の照明

階段の壁

換気塔が兵士の兜に見える

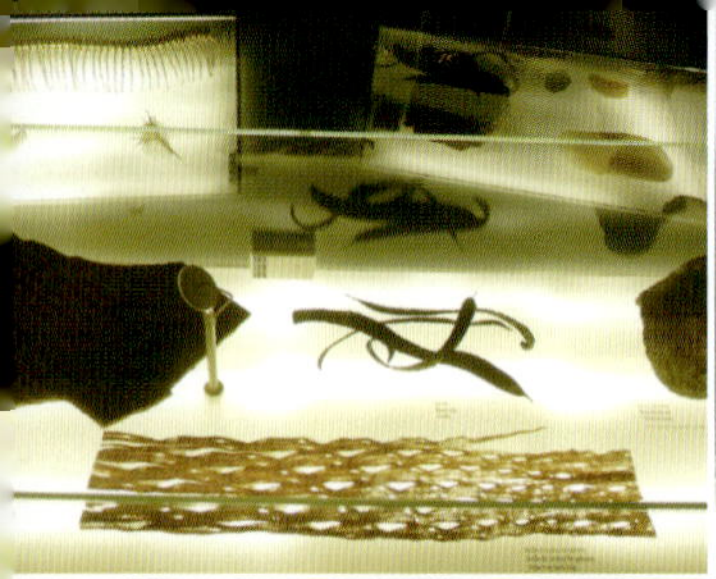

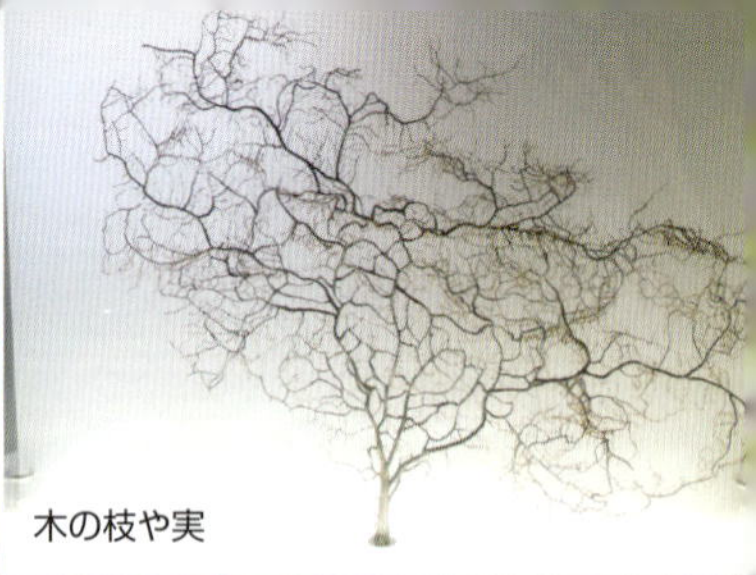

木の枝や実

貝殻や骨

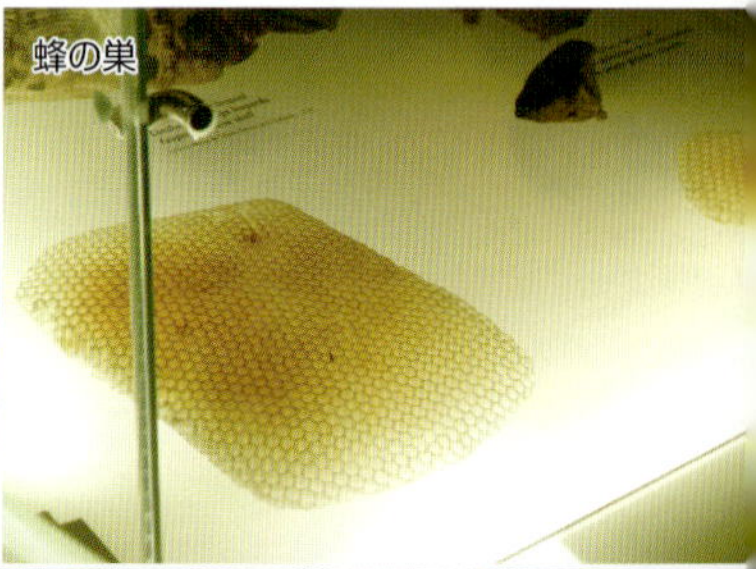

蜂の巣

天井

床の石 石が好きなので色や模様をじっと見る

バルコニーの鉄細工

ドアのまわりもうねうね

外観

中庭から見上げたところ

プラタナスの木の幹
この色と模様が好き

屋上のプールサイドでのんびり

生ハム

オレンジジュース 味はふつう

タコのガリシア風

ムール貝

部屋からの景色

おなかいっぱい

サン・ジュセップ市場

朝のレイアール広場

生ハム屋さん

フルーツ屋さん

玉子屋さん お客さんも玉子みたい

揚げ物屋さん

串を１本ずつ買いました

玄関ホール

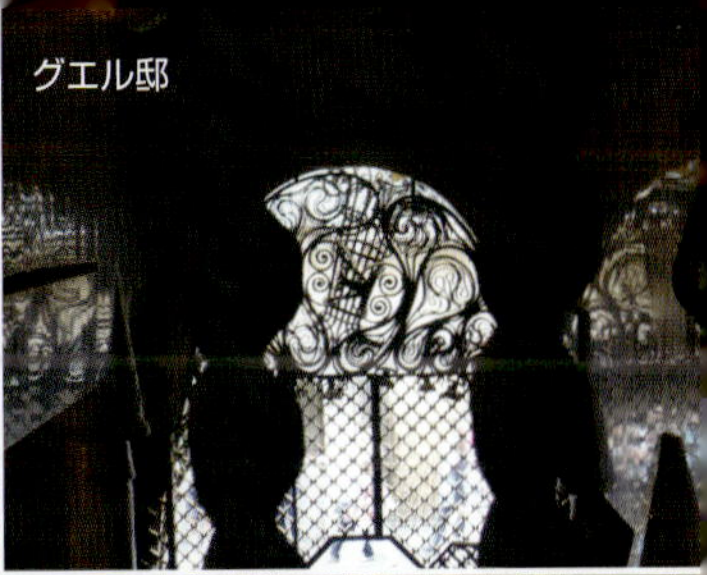
グエル邸

絵も警備員さんも壁にとけこんでいた

グエル邸はすみずみまで重々しかった

天井
明かりとりの穴が
点々と開いてる

屋上はかわいい

晴れゆく心

幻の
鐘が鳴る
輪郭をゆるがして

ぼんやりと
うつむけば
ゆらゆらととける池

青空に足をつけ
つま先で水を蹴る

丸い輪が広がって
広がって
広がって

ただひとつ
思うのは
この人と
この時に

結ばれて
ほどけずに
クルクルと落ちてゆく

どの人も
どこへでも
泣いてても
笑っても

まっすぐに
まっすぐに
晴れゆく心

屋上にたたずむ

階段の手すり

正面入り口

イカスミのパエリア

ほうれん草のサラダ

追加したサラダ

おなかいっぱいで苦しい

旧市街の細い路地

刃物屋さん

キラキラしたモビール

建物の壁の彫刻がかわいい

うーん

うーん

感じのいい道

ああ、ジョニーが！ いや、スポンジ・ボブだ。

カタルーニャ広場で

いつの日かそこに

いつの日かそこに行けますように
深緑の薔薇を見た
ひびわれたアーケード

手が届く
届かない
あきらめて歩きだす

いつの日かそこに行けますように
はじける実
もう一度
ロウソクの月あかり

ため息

ハッとする

息をのむ

もしかして

いつの日かそこに行けますように
嘘つきだと思ってたけど
本当は違ったと
言えるように
言えるような
わたしだと
言えるから

壁から目玉がたくさん出ているビル

本日のカサ・バトリョ

カタルーニャ音楽堂のモザイク

ふた皿目

ホテルの朝食バイキング
私のひと皿目

おもちゃのボートで遊ぶ子供たち

カーカの

ペドラルベス公園の丸い木

雨がポツポツ降ってきた

ペドラルベス宮殿の博物館 お休みだった

あのモザイクの塔はグエル別邸か

雨の中 庭見学

グエル別邸だった

係の方に記念写真を撮ってもらった

白い花がきれいだった

サッカースタジアムへ向かいます

上着をかぶって走る

雨宿り中

メガストア到着 いきなり別世界

お昼ごはん 失敗した

傘売りが行ったり来たり

カーカの顔も青い

どしゃぶり

永遠の名残

君と歩こう
悲しい君と

悲しければ悲しいほど
人は輝くから
僕は好きだ

自己嫌悪をよく見てごらん
それはうす暗い雲のよう

自己愛と
小さな路地のつきあたりがあわさって
できたのが自己嫌悪

大きな原っぱで
自分を忘れてしまおう

雲は晴れる
それはただの永遠の名残

君と歩こう
悲しい君と

悲しければ悲しいほど
人は輝くから
僕は好きだ

夕食はルームサービスにした

このオレンジジュースが

おいしかった朝食

カーカ満足の顔

さわやかな朝の街

スーパーでもひそかに大興奮

人のいないデパートでのびのび

本日のカサ・バトリョ

初めての肉の写真

おしゃれ

パリ シャルルル・ド・ゴール空港

狭い廊下

私たちの部屋

私はシーフードリゾット

夕食　エスカルゴ

山小屋風のお店

屋根の上の植木鉢みたいなのは
煙突の名残なのだとか
とてもかわいいなと思った

夜の部屋

夜のセーヌ川

向かいの窓

目の前の床が開いた

朝食のパン

サン・ジェルマン・デ・プレ教会
ろうそくの明かりがきれい

花壇の花の植え替え

ハッと目を惹《ひ》かれた花

ル・コントワール

こんなホテルに泊まりたい

わりと満足

テリーヌなど

リュクサンブール公園

天国のようだった

木の葉の色がさまざま

ここも静かなミニ天国

流線型の遊具 クルクル回って楽しそう

まるい木が植えられたビル

サン・ジェルマン・デ・プレ教会

チョコやマカロン さっそく味見

パリで一番小さな広場 フュルスタンベール広場

ノートルダム寺院のガーゴイル
すごい数の怪物たちがにょきにょきと

裏の花壇がきれいだった

夕日をあびて

裏から見た姿はまた違う印象

正面の広場で記念写真

凱旋門だ

パリの地下鉄初体験

もう夕暮れ そしてここが凱旋門への
地下道だったということがあとでわかった

豪華客船のような建物が

シャンゼリゼ通り

生牡蠣

コンコルド広場
ここから電車に乗った

今日はルーブル美術館へ

カルーゼル橋

いいお天気 後ろに見えるのがロワイヤル橋

モナ・リザはあの正面

入り口に長蛇の列が

こっちは「カナの婚礼」

モナ・リザに見入る人々

天井も豪華

カーカとモナ・リザ

ところどころの
ベンチがうれしい

「カナの婚礼」の前で先生風に

エレベーターから降りた部屋の天井がまずこんな
で驚く

館内の様子

皇帝ナポレオン１世と皇妃ジョゼフィーヌの戴冠の前で授業

サモトラケのニケをぼんやりと見るおじちゃんたち

大きな絵のある大きな部屋

ギャラリー・メディシス　24枚の大きな絵がぐるりと囲む

ここでも授業中

ちょっとお昼食べに帰ります

彫刻はいい　見てる人が

パテやロールキャベツ

天国状態

食べ物の絵は好き
これは 生ハム チーズ パン おいしそう
どの絵ものんびりした気持ちでじっくり見ると
意外な発見があり 飽きません

ふと目に入った外壁の
模様や小さい顔

窓からエッフェル塔にかかる夕日が

人間というかわいい点々がいっぱい

フェルメールの「レースを編む女」と

暮れて行く夕空

青い天井

アンリ２世の階段を下りる　天井には美しい浮き彫り

静かに彫刻に見入る人々

この広い彫刻のある通路を歩いてくると

奥にサモトラケのニケ像が輝く

浮かびあがるように

朝はあんなに混雑してたのに

モナ・リザの前もこんなに静か

ミロのビーナスと

ナポレオンの絵の部屋も広々

写真を撮った

日の暮れたルーブル

らせん階段と上下する
中央の円柱

セーヌ川

エッフェル塔

ホテルのロビーで

ホテルの階段を上る

ゆで海老と魚のスープ
失敗

ホットチョコレートは
ミルクを注いで

カフェで朝食

地下鉄のホームの天井

私のは冷たいのばかり

ツタが紅葉してました

見晴らしのいい列車

駅から歩くと向こうに金色の輝きが

風に聴く

ここです
ここで私は目覚めたのです
それよりも前のことは
覚えていません

ここです
ここで私は死んだのです
それよりも後のことは
わかりません

ここ
この一点
あらゆる線が交差する

耳を傾け
風に聴く

あの人は今はどこにいる
いつかここを通ったはずの
あの人は今はどこの空

風に聴く
風に聴く

目を閉じて　浮かぶのは
灰色の空
金色の門

金色の門

マリー・アントワネットの
肖像画を見つめる人々

ヘラクレスの間

メルクリウスの間 全体的に赤かった

広くて豪華な鏡の間

宮殿の窓からみえた庭園 外を見るとホッとする

ナポレオンの戴冠式の絵

戦闘の回廊　広い

絵がたくさん飾ってあった部屋
ここは好きだった

宮殿から出たところ

こちらも窓からの景色

王妃の村里

愛の殿堂

マリー・アントワネットが作らせた村里には
小さな池を取り囲むように
水車小屋や酪農小屋など数軒の家が並んでいた
それぞれの家の庭には菜園や花壇があって
美しくのどかな世界がひっそりと広がっていた

石に腰かけて

夢中で写真を撮るカーカ

▲小トリアノンから大トリアノンへ向かう庭園

▲やけに目が大きく見えたうさぎ

▼この葉っぱの黄色と緑がきれいだった

大トリアノンの秋の色の庭

見上げたマロニエの木 下はその地面に落ちてたマロニエの実

私が写真を撮ってるあいだベンチに座って待ってたカーカ

大トリアノンの正面の花壇
やさしい色味と自然な伸びかげんがよかった

串団子みたいなトピアリー

薔薇色の大理石

ちょっと軽食

この彫像に興味 頭と手にぶどうが

小さな列車型の乗り物「プティ・トラン」に乗って移動中
高いポプラの並木

迷路のような庭園

トピアリーが大人しく並んでる

こんな白いのがあったり

ヴェルサイユ宮殿が遠くに見える

ボートが行き交う大水路 子どもが遊ぶ のどかな風景

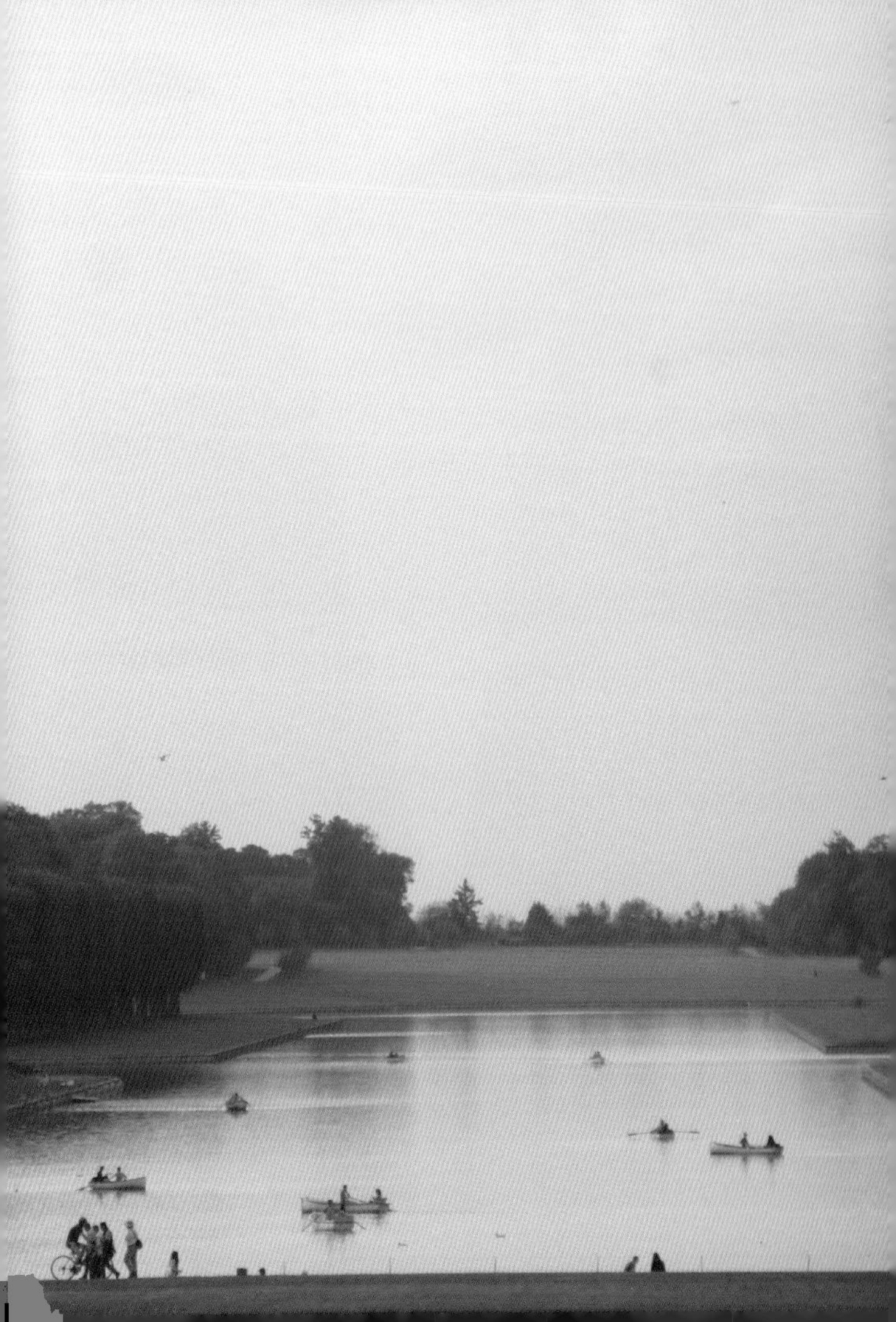

壁のようにまっすぐに剪定された木

私が好きだった「王の庭園」の花

こちらも「王の庭園」

バッカスの泉水 ぶどうがいっぱい

木の裏側もきれいだった

ふりむくとこういう感じ

宮殿前から大水路を見る
王の誕生日にこの水路の
向こうから日が登るように
設計された

とてもかわいいトピアリー

こちらはわりとふつうの花壇

大興奮したオランジュリー

この一角には丸い感じの木が等間隔に配置されている
丸い綿ぼこりのようだ
巨大な濡れた手になってそっとなでて
全部吸いつかせたい気がする

野の花

野の花が好き
とても強いから
とても繊細だから

野の花が好き
思い通りにならないから
頼ってこないから

野の花が好き
太陽を見ているから
自由だから

北花壇

金色の門をでて帰る道を下る時
暮れてゆく空を何度もふりかえった

かわいらしい店内

なすの前菜とえびのサラダ

タルタルステーキと
ビーフソテー

絵が飾られてて

いつものうす暗い部屋
明日は帰る日

プルーンのせバニラアイス

天国状態

チョコ3個 オレンジ 抹茶
ピスタチオ

ウフマヨネーズなど

買ってきた
チョコとマカロン

350グラムのステーキを
食べるカーカ

リュクサンブール公園ふたたび

レモン100%ジュース

ババとオレンジサラダ

ぼーっとしているところ よく見ると足もとにハトが
この前の芝生は立ち入り禁止　何度も人が追い出されてた

椅子を持ってきてくつろぎスペースを作る

向こうの陽射しが明るい

肉疲れ

足を上げると楽

お隣の男性

この黙ってベンチに座ってるおふたりがよかった

こちらのふたりは熱心に何か読んでる

天国その１

天国その2

花も飛び出す

こちらの芝生は入ってもＯＫのようでした 気持ちよさそう

キューピーで遊んでた

ずっしりとしたモカエクレア

光がもしも届くなら

この私の願いは
いつか叶う

その時に
そこに私がいなくても

タクシーの中から

ルーブル美術館は私にとって「ルーブル美術館」じゃない。今から行くところは、私にとって未知の建物。未開の異次元。

なんか……、すべてをそういうふうに捉《とら》えるなら、なんでも楽しめそう。というか実は私はそういうふうに思って毎日を生きてきた。そう思って世界を見直すと世界は変化する。特に人との関係がおもしろく変化する。関係が変わるというか。見え方がね。ま、そういうことでとてもワクワクとした気持ちです。


歩いて行く。徒歩10分ぐらい。途中のセーヌ川にかかるカルーゼル橋の上で記念写真。いいお天気で空は真っ青。さわやか。まぶしい川面《かわも》、ゆく船。

現在時間9時40分。

今回私は広い美術館で迷わないようにガイドブックを用意した。それは有地京子著『ルーヴルはやまわり』(中央公論新社)という本。この本を参考にしてポイントをおさえつつのんびり回ろう。カーカは全部見ると意気込んでいる。

中庭のガラスのピラミッド入り口は混むということなので、地下の逆さピラミッドのところから入る。すると、長蛇の列。ええっ、こんなに？　ここに並ぶのだろうか……、と信じられず、先頭まで見に行って、人の少ない列を見つけそこに並んでいたらそこは団体用だということがわかり、観念して長蛇の列の後ろに並ぶ。しばらく並んでいたら案外早く進むことがわかった。10分かそこらで中に入れた。その列は荷物検査の列だった。簡単な検査（バッグを開いてパッと見せるだけ）で中に入ると、そこがガラスのピラミッドの下、ナポレオン大ホール。

明るくてドキドキする。

ここに切符売り場があって、切符を買ってない人は買って、持ってる人はそこから3つの翼の入り口のどれかから入館する。

まず切符を買おう。どこだろう。

あそこだ。いくつも折り返す長い列ができているところ。チケット売り場だ。でも自動券売機で買うと早いという情報を得ていた私たちはささっと探し、売り場の並びにある3台の自動券売機へと向かった。どうしてだれもこっちで買わないんだろう。ひとり買ってる人がいて、その人が終わって私たち。カードで購入する。

そして、ガイドブックに従いドゥノン翼の入り口から入る。

10時に入場。

エレベーターで3階に上りモナ・リザへ向かう。エレベーターを下りたら建物内部の豪華さに一気に緊張が高まる。天井に重々しい彫刻みたいなのがあって……。でもそこはあとから見るからと思い、すぐ裏のモナ・リザの部屋を探して入ったら……、すごい人。

これは……モナ・リザはどこだ……。

あ、これか！

ガラスで覆われたモナ・リザが人よけの手すりに半円形にガードされて鎮座している。その前にはさまざまな人種のたくさんの人々が押し合いへし合いしてる。どうにか近づいてカーカとモナ・リザのツーショット写真を撮る。他の人たちもそれぞれに楽しそうに、または必死になって写真を撮ったり動画に収めたり。私たちのとなりは家族で来てるらしく、お父さんが息子とモナ・リザのツーショット写真を撮ろうとしていたのでかがめてよけてあげてたんだけどシャッターを押すのにずいぶん時間がかかってて、美形の息子がちょっと恥ずかしそうにしてたのが印象的だった。

ようやくモナ・リザの混雑から抜け出して前に進むとそこにも大物が。それはルーブル美術館でいちばん大きな作品「カナの婚礼」。水をワインに変えたという新約聖書の最初の奇跡がテーマで豪華な祝宴の様子が130人の人物と共に描かれている。こちらもすごい人。ツアー客に説明する係の人が大きな声で説明してたり、にぎやかだ。私も一瞬だけ前に進み出てカーカに写真を撮ってもらった。

そこから細長いグランドギャラリーに出て、「聖アンナと聖母子」「美しき女庭師」などを見る。天井を見るとまたまた豪華な装飾。

私は絵の中に描かれている天使やあかんぼキリストのむちむちとした肉づきのいい

体に目が吸いよせられる。かわいらしい。そして時々悪魔のように怖い顔のあかんぼや天使もいる。

「岩窟《がんくつ》の聖母」ってどれだろう……。左下にアイリスが咲いてるんだって……とウロウロ探していたらカーカが見つけてくれた。カーカは絵を見つけるのが上手。

人物を野菜や果物などで表現したアルチンボルド作「四季」があった。カーカが「これ見たかった」と熱心に写真を撮っている。ふむふむ。見たことある……。

髪の毛がマカロニみたいにみえる彫刻もあった。

広い部屋では高いところに大きな絵がかかってて、ずっと見てると首が痛くなってくる。

ほとんどの絵を知らないし歴史にも疎いので一度にたくさんの絵を見すぎて途中から頭が飽和状態になってきた。なのでふわあ～っと漂うように見て、なんか好きと思う絵だけを立ち止まって見ることにした。

部屋の中央や途中途中に椅子があり、壁の凹み部分がソファになってたり、ちょっと腰かけられるところが多いのがいいなと思った。

混むところは混むけど、人のいないところは本当にいないので案外ゆったり楽しく鑑賞できる。何度も来て自分のお気に入りのルートを見つけるのも楽しそう。

絵の前にイーゼルを立てて模写する人、学校の授業で来て絵の前に半円になって座り込んで話を聞く子どもたち、そんなおおらかさや芸術が日常に染み込んでるところが素敵だなあと思う。

有名な「皇帝ナポレオン1世と皇妃ジョゼフィーヌの戴冠《たいかん》」、「民衆を導く自由の女神」、おっぱいをつまむ絵など、なにかで見たことのある絵を見るとそれはそれで「わあっ」と思えて楽しい。

大きく分けて私が好きだと思う絵は、むちむちしたあかんぼう、若い男女らのちょっぴりセクシーショット（でもこれは天使やキリストや聖母マリアやその他いろんな意味のある宗教的な絵なんだろうけど）、食べ物や花や木の絵、だということがわかった。

ある広い部屋に入ったら驚いた。

その部屋（ギャラリー・メディシス）は大きな24枚の絵でぐるりと囲まれていた。ルーベンスの作品で、アンリ4世の2番目の妻マリー・ド・メディシスの生涯が24連作の絵となって飾られている。その中でいちばん有名なのが6番目のマルセイユ上陸の絵。「この作品を盛り上げているのが、画面下半分のギリシャ神話の海の神や海の精たちです。一番の見どころは、船を引っ張っている海の精ネレイスたちの躍動感ある豊満な肉体です。彼女たちの太ももの水滴はまるで本物のようで、滴り落ちそうです。ぜひ近くでご覧下さい！」と有地さんが書いている。

私も近くに行って見てみました！

たしかにものすごい肉の力というか、ぶりぶりぶるぶるしたそのお腹や腰の肉を見て、私はなぜかとても安心した。これでいいんだと。

私のお腹もぶるぶるしてるけど、この海の精ネレイスと似ている。躍動感ある豊満な肉体ね……。そうかも。生きてる人間って感じがして悪くないわ（海の精は生きてる人間じゃないけど）。ここまで生きてきた自分の肉よ。これも自分よ。何が悪いの？

そう。毎日だらだらしてていた肉よ。かわいいじゃない。憎めない平和な感じがするわ。バーンと自分のありのままを肯定する、ってとこが素敵なんだ。痩《や》せてても太ってても。隠さないってとこが！　その心が！　その生きざまが！

太ったのにはそうなった過程があり、そこを恥じなければその結果を恥じる必要はない。堂々としようよ私ら！（って誰ら？）

実はさっきから私のカメラの充電が切れそうだった。目盛りが残り1になってる。なのであまり撮らないようにしていた。「充電がなくなりそう……。もしなくなった

〈ルーブル 美術館〉
私の好きだったむちむちした
赤ちゃんたち
(キリスト)(天使)
マカロニみたいな
髪の毛の
彫刻
足がタコ
海の精 ネレイスたち

カーカ。

らカーカのカメラを借りよう」なんて冗談で言ったら、ひとごとだからかすまし顔のカーカ。

なのになんと、カーカのカメラの充電が先に切れてしまった。パチパチ熱心に撮ってたから。タダの物には貪欲《どんよく》なカーカ。

そしたら急に顔色を変えて「1回ホテルに帰ってもいいよ……」なんて言い出した。自分のが切れたらとたんに。で、もう時間も1時半だし、お昼も食べたいから帰って充電してるあいだに食べようということになった。

そそくさと出て、ホテルに戻って充電する。

そしてきのう探せなかったロールキャベツのおいしいお店に行くことにした。今度はすぐにわかって、白ワインと水とパイ皮に包んだパテとオニオンスープとサラダとロールキャベツを注文する。まあまあの味で普通においしくいただく。59ユーロ。

これからしばらく休んで夕方からまた行くことにした。ぷらぷらホテルに戻りながら、見かけたチョコレート屋さんのショウウィンドウに尖《とが》った山のようにディスプレイされたマロングラッセがすごくおいしそうで、これ食べたい……とガラス越しに迷ったすえ中に入り、マロングラッセ2個と、キャラメルもおいしそうだったので（今までキャラメルを買おうと思ったことないのに）缶に入った詰め合わせ1箱と、カーカがアイスを食べたいというのでキャラメル味のをひとつ買った。歩きながら食べ始めたアイスクリーム、すごくおいしいと言う。私もひと口もらったけど細かい何かが入っていておいしかった。あとで調べたら「アンリ・ルルー」という有名なお店だった。チョコレートもおいしそうだったなあ。キャラメルは果物を煮詰めて作ったという感じでやはりおいしかった。

サン・ジェルマン・デ・プレ教会の横を通ったら裏の公園がまた天国状態だった。芝生をかこんでベンチがまるく配置され、そこで人々が思い思いに過ごしている。寝ている人、何か食べてる人、本を読んでいる人……。天国みたいに感じる空間って時々ある。

6時まで部屋で休んで、ふたたびルーブルへ。
疲れもとれて、また新鮮な気分。今日は水曜日だから9時45分まで開いてる。
後半もゆっくりと見て回ろう。
後半は彫刻のところから見始めた。入ったら、ちょうどそこに出たからなんだけど。

彫刻をじっと見ている人を見るといい気持ちになる。なぜなら彫刻をじっと見ている人には静けさがあるから。

引き続き、細かい部屋にたくさんある絵をゆっくりと見ていたら、窓があって外の景色が見えた。夕日とエッフェル塔。

夕日がまぶしい。

小さなフェルメールの「レースを編む女」を見て、もう少し進んだ先の窓からも中庭のガラスのピラミッドと小さな人々が見えた。

人間というかわいい点々がいっぱい。

横を見ると美術館の壁が見え、並んでいる小さなお顔と脳みそのようなインスタントラーメンのような石の模様。建物自体が細部まで芸術品だ。ここはお城だったんだって。

しばらく黙々と見て、また窓があったので外を見たら青く暮れて行く夕空。ホッとします。現実の景色。時間は8時。まだまだ先がある。

ゴヤの「デル・カルピオ伯爵夫人、ラ・ソラナ侯爵夫人」の肖像画に妙に引きつけられ、コローの「モルトフォンテーヌの思い出」の幻想的な色あいを見たあと、シュリー翼の奥を駆け足で見る。もうそのあたりに人はほとんどいなかった。うす暗くてなんか怖い。こんなにたくさんの絵があるんだものね。昔の時代に描かれた、いろんなことを目撃したであろう絵たち。歴史を見てきた絵たち。何年もの人々の営みがその前を通り過ぎたであろう絵たち。

悲しみや喜びや苦しみや愛を黙って見てきた絵たち。

カーカはじっくりと写真を撮ってるのでまだずっと後ろにいた。行き止まりになってる閉鎖中の部屋まで行った私は引きかえして「早く〜」と急《せ》かす。

絵を見終えたのが、8時50分。

ガイドブックに従い、アンリ2世の階段を下りる。天井には天才彫刻家といわれるジャン・グージョンの女神や花々、ブドウなどの美しい浮き彫りが！

そして近くにあるはずのミロのビーナスへ行こうとしたら迷ってしまった。青い天井の色がきれいな、小さいものが陳列されている部屋に迷いこみ、そこを出てバタバタすすむ。豪華な王様の部屋みたいなのが続き、これはもう人に聞いた方が早いと思って係の人にパンフレットの「ミロのビーナス」を指さしたらすぐに「ここをあっちに行って階段を下りて進んでまた階段を上がって」みたいなことを言っていたのでお礼を言って急ぐ。

どうにか着いたみたい。ここに彫刻がたくさん立ち並んでる。うろうろ進んだら見覚えのある姿。

あった。ミロのビーナスだ。特に何も思わなかったけど一応写真を撮って、それから午前中にちょっと見たんだけどサモトラケのニケの像のところにまた行く。行く途中の天井もすごくて、カーカの歩みが遅い。

私はサモトラケのニケの見せ方がいちばん好き。像の立ち並ぶ長い廊下があってその先に階段が輝き、その中にひときわあかるく首のない像が立っている。

神秘的だと思いながらその階段を上り、また最初の部屋、今日いちばん初めに見たモナ・リザの部屋に行ってみることにする。

今、時間は9時13分。あと30分ある。

人々がどんどん帰って行き、部屋の中の人はどんどん少なくなっていく。着いた。

モナ・リザの部屋。朝はあんなに混雑してたのに今は数人しかいない。みんなゆっくりのんびりリラックスして写真を撮ったりしてる。私たちも3人で撮った。私とカーカとモナ・リザと（他に数人、後ろに）。

そして朝はゆっくり見られなかったので、「今、この静かな状況で改めてモナ・リザの絵を見てみる。何を感じるか」と言って、息を整えてじっと見てみた。

思ったことは、私はこの絵がいいのかどうかわからない。先入観があるし、知識もない。判断できない。けど、今までにたくさんの人がこの絵をすごいと思って見たことは事実。何千万人も、何億人も……。たくさんの人がすごいと思って見たもの、と

いう事実が持つすごさがある。たくさんの人の興味や賞賛の視線を受けたものという価値。私はその点だけ考えても「いいものを見た」と思った。その視線によって何かがそこに生まれてるんだろうなと思う。

ナポレオンの部屋もひっそり。ニケも遠くに。カーカはしつこく好きな絵をまた写真に撮ってる。

満足して出る。ちょうど9時半。

ナポレオン大ホールでおもしろかったのは、車いすの人たち用のエレベーター。らせん階段の中央に銀の円柱があって、それが上下する仕組みになっていた。

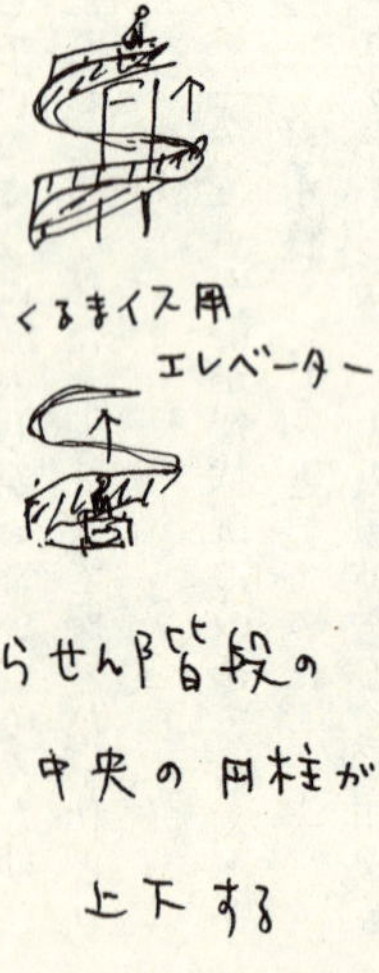
くるまイス用
エレベーター
らせん階段の
中央の円柱が
上下する

夜の道を歩いて帰る。セーヌ川に明かりが反射してきれいだった。

ホテルに戻って部屋に入ろうとしたらカードキーがない。橋の上で写真を撮った時に落としたのかも。同じポケットに入れといたから。

カーカのカードで鍵《かぎ》を開けて、これから晩ごはん。疲れたから近くのシーフードのお店に行くことにする。いつもあまり人が入ってないけど。

行きがけにカードキーを失《な》くしたみたいで……すみませんと謝ったら、あのカードはあなたの物ですと言われ、もう一枚追加する必要がないのなら何も問題ないですと言われホッとする。

シーフード店では、失敗した。

オードブルにゆでた海老《えび》を頼んだら、出てきたのは小さな海老を殻のままゆでたものので頭を取ってそのまま食べるのらしいが、私には昆虫にしか思えず、10匹ぐらいしか食べられなかった。カーカが頑張って6割くらい食べてくれた。

虫。昆虫。イナゴみたいだった。

魚のスープは大量でドロドロ。カーカのサーモンソテーはおいしかったらしいけど私は食べる気がしなくて味見もしなかった。お客さんも店の人も少なく、頼んだ水もなかなかこないし、料理が出てくるのも遅く、サラダも入れて案外高くて86・9ユーロ。

口数少なくホテルへ帰り、手動でエレベーターのドアを開けて、狭いエレベーターに縮こまって乗り込み、4階に着いて、また手動でドアを開けて、トボトボと狭い階段を5階まで上り、暗く狭い部屋に帰って寝る。

あの海老は失敗した。海老は2種類あって安い方にしたんだけど高い方にすればよかった。高い方は10本とか数字が書いてあったから大きなふつうの海老だったんだと思う……。


ああ、でも、ルーブル美術館は楽しかった。ぽわんとなった。

まだ行ってない部屋がたくさんあるから、彫刻もよく見てないし、王宮の部屋や、エジプト美術、ハムラビ法典なども次はゆっくり見てみたいな。

✈9日目　10月2日（木）

今日はヴェルサイユ宮殿見学の予定。

ちょっと遠いと思ったけどカーカが「いちばん行きたいところ」と言うので。

じっくり見学すると1日かかるらしい。だったら私はマリー・アントワネットが農民の家そっくりにつくらせた村というのを見たい。使用人に農民の姿をさせて本当の村のように演出させたというその村。小さな農場もあるんだって。

このあいだマリー・アントワネットの本（上下巻）を買って読んだけど上巻のわがままいっぱいのそのあたりがおもしろかった。下巻にはいってだんだん雲行きが怪しくなっていくにつれ私も読む気が失《う》せていき……、いつしかパタリと読むのを中断。

で今に至るんだけど、楽しみ。本物のおもちゃを見られる。

ゆっくりと起きて9時45分にホテルを出る。朝食を食べてから行こう。

近くにマカロンで有名な「ラデュレ」があってカフェも併設されているのでそこで食べたいとカーカがいうので行って、外から怪しくのぞいてみたけど中がうす暗くてよく見えない。その辺にあるオープンなカフェとは違う……。高級だ。なんか入りづらいのでやめて、近くのカフェに入る。そこはサン・ジェルマン・デ・プレ教会が見えるカフェ「ボナパルト」。朝食のセットを2種類頼んだ。

外のテーブルにはひとりで来てる男性や、女性同士、学生みたいな男性ふたりとか、さまざま。男子学生たちはすごく楽しそうに微笑みながら語りあっている。仲いい。写真を撮りあったりして。その向こうでは雑誌の撮影なのかモデルさんを写真撮影してる。いろいろと見飽きない。ただ、斜め前の女性の煙草のケムリがこっちにちょうど流れてきて、私の前の男性のところにも雲のようにどんどん来てて、その人、ちょっと顔をしかめてた。

朝食が運ばれてきた。

ええっ！

料金は同じなのに、カーカのは生野菜にハムエッグにパンケーキ、ホットチョコレートとオレンジジュース、という温かさ。

私のはクロワッサンとバター付きパンとヨーグルト、紅茶、オレンジジュース。紅茶以外はぜんぶ冷たいの。うらやましくチラチラ見ながら食べる。

ホットチョコレートのチョコもお花のように見えるし……。

フランスパンはふたりに出たので、私のはパンのごはんにパンのおかず、って感じ。こんなにパンばっかり食べられない……。

でもまあ食べ終えて（32ユーロ）、さあ、出発だ！

ヴェルサイユ宮殿の最寄駅、ヴェルサイユ・リヴ・ゴーシュ行きの電車が走ってるC5線の駅まで地下鉄を1回乗り換えて無事に到着。地下鉄に乗ってて思った。街を歩いてる時に通り過ぎる人々を見ても思ったことだけど、パリは年配の女性がしっかりと働いて、おしゃれしてて、とても素敵に見える。自立してるというか。白髪混じりの女性がカッコイイ。

途中の地下鉄の駅のドーム型の天井のタイルに3色の光が反射してきれいだった。キラキラと魚のうろこのようだった。

勝手のわからない駅で、考え考えしながら乗車券を買うのもゲームのようで楽しい。ヴェルサイユ宮殿まで40分ぐらい。案外近かった。外の景色を見たりしてたらあっという間。

多くの人が降りたのでみんなについていく。

「なごさん（義理の妹）が学生時代に貧乏旅行でヴェルサイユ宮殿に来たことがあるんだって。カビ臭いと思ったってことしか覚えてないって」

「へえ～。なごさんってやっぱり素敵だね」

などと話しながら10分くらいぞろぞろ歩いたら見えてきた。遠くに金色の建物が。

わあ、なんかきれい……

ずんずん近づいていく。入門の前にチケットを買わなくてはいけない。聞いたら左の方に売り場があるとのこと。そちらの建物に入ったら人が大勢並んでいた。待つのか……と思ったけど案外早く進む。ちょっとずつ進むあいだに部屋の内装など見て気を紛らす。買って、外に出ようとしたら見つけた！　自動券売機を。

やっぱりここにもあったんだ。しかも誰も並んでない。これからは最初にチェックしよう、とカーカと誓い合う。

チケットを持って門から入場する。12時50分。建物の中に入ると人がいっぱい。受付があったので日本語のパンフレットをもらう。オーディオガイドは聞くのに時間がかかるから私たちはいつも借りないの。

たくさんの人と一緒に移動する。

最初に王室礼拝堂というのをドアから見た。中には入れないのでみんなで頭を寄せ合って。それから事前レクチャーなのか模型や肖像画や説明や映像の小部屋をいくつも通った。私たちは興味がないので足早にすり抜ける。そのあとさっきの礼拝堂を上から見て（似てると思ったら同じとこだった）、ヘラクレスの間というすごく豪華な広間に出た。ここも人がいっぱい。押し合いへし合いしながら次の間へと進む。人が多いので静かな気持ちで見学できない。王のグラン・アパルトマンであるいろんな間を通り過ぎて、いちばん大きくて有名な鏡の回廊へと出た。ここでルイ16世とマリー・アントワネットの婚礼舞踏会が開かれ、ヴェルサイユ条約も結ばれたという。とても広くてきらびやかな部屋だ。あまりにも大きくて人もいっぱいで何も考えられなかった。

それに比べて外の景色はいい。ぎゅうぎゅうに人のいる部屋から外を見るとホッとする。

外はのんびりしてる。トラムカーみたいなのに乗って宮殿内をめぐる人が見える。早くあれに乗って庭を見たいな。

次に王妃のアパルトマンその他を見て、やっと建物の見学が終わった。

ヴェルサイユ宮殿の内部は、私はあまり居心地がよくなかった。カーテンやベッドや応接セットなど生活に密着している品々は、かつては豪華だったとしても今はもう古びて輝きは失せている。やはり実際にそこでそれを使ってないものっていきいき感がない。高級なものおきみたいだと思った。

今見てもきれいだったのは天井の絵や装飾。そういう最初から見るだけのものは変わらないんだね。それが芸術作品ということなのかな。日用品として使って輝くものと、触らずに見て鑑賞するだけのものって、もともと違うんだ。それって……、人でもそうかも。見た目が素敵な鑑賞用の人と、使って……というか生きて交流して楽しい人と。……なんてことを思いながら、あの広い庭に飛び出す。

わあ、なんてすがすがしい。

さっそくマリー・アントワネットの離宮、小トリアノンをめざす。あの乗り物、小さな列車型の乗り物「プティ・トラン」乗り場に並んだ。けっこう並んでる。歩くと30分はかかるからね。

しばらく待って、出発。時間は2時30分。遊園地の乗り物みたいで楽しい。ゴトゴト走る。

並木の木の高さと剪定《せんてい》がすごい。垂直の壁みたい。

最初に着いたのが大トリアノンというところだった。私は小トリアノンかと勘違いしていったん降りたんだけど慎重を期して運転手さんに確認したら次だというのでふたたび乗る。ゴトゴト走ってすぐに小トリアノンに着いた。

最初また小さな宮殿内部を見学するようになっていたけど宮殿はもういいのですぐに庭に出る。きれいに整備された庭を歩いて大理石でできた愛の殿堂というのを見てから王妃の村里へ。これが見たかったところ。

池のまわりに集落がつくられていて数軒の田舎家が建っていた。中には入れないけどどの家もきれいに手入れされていてまるで生きてるディズニーランド。庭には菜園もあり野菜が育てられている。でも人が暮らしていないので表面的な感じがするなあ……と思いながらも他の観光客たちとのんびり池のまわりを巡りながらかわいいお家《うち》を見るのは気楽なことだった。マリー・アントワネットがここでくつろいでたのかと想像したりして（あまり想像できなかったけど）。

そのまま進むと小さな農園があった。孔雀《くじやく》やにわとり、牛や馬、ひつじなどが一緒にいてじっとしてた。やけに目が黒々と大きく見えるうさぎもいた。

小径《こみち》を歩いて戻る。木々のあいだをゆっくりと。木陰のベンチでくつろいでる人がいて……、おだやかな雰囲気。

ここから大トリアノン（ルイ14世とその家族の別荘）へは通路があって直接行けるみたいなので地図を見てそっちの方へ庭園をすすむ。

花壇には優しげな花々がラフな感じで植え込まれていた。

大トリアノンの敷地内に入り、建物をまわりこんで庭園の正面へと向かう。その時に通り過ぎた庭が好きだった。夏の花が終わって秋の色味。緑色と茶色の公園。足もとに落ちているのはマロニエの実。ふらふらとひとりで公園の奥の少し高くなっているところまで進む。ひとしきり写真を撮って戻ると、カーカがマロニエの下のベンチに腰かけて休んでいた。

大トリアノンの宮殿内も見る気はなかったのでそのまま庭園を抜けて外へ出ることにする。庭園がまたよかった。私の好きな青系統の花が多く、繊細で、この花壇はすごく好きと思った。大きく深呼吸したりした。この宮殿の柱や壁はピンク色がまだらに剝《は》げてると思ったら、ピンク色の大理石だった。失礼！

設計したマンサールという人によると「薔薇《ばら》色の大理石と斑岩《はんがん》でできた小さな宮殿と快適な庭園」とのこと。門から出る時に振り返ると確かに石の模様がきれいに出ていた。

またプティ・トランに乗って移動する。さっきの小トリアノンを通ってグラン・カナルという水辺へ。道は石畳なのでゴトゴト感がすごい。

白鳥の泳ぐ池に到着。ここはヴェルサイユ宮殿からまっすぐに1000メートルほど下りて来たところにある大水路。ボートをこぐ人がいたり、子どもが遊んでたり、人々の憩いの場だ。この庭園だけなら入場料は無料なので庭園だけでも遊びに来たい気がする。

今、時間は4時半。小腹がすいた。まわりにはカフェやレストランがある。軽食を買えるお店もあったのでピザとサラダを買って外のテーブルで食べることにした。私は白ワインのミニボトルも。食べ始めたらとても空腹だったことに気づいた。気持ちいい空気の中、まわりの人や景色を見ながらおいしく食べる。上を見上げたら空にうすく虹色《にじいろ》の光が見えた。虹のきれはしが。

5時。さあ、これからこの庭園を見よう。

私は庭園を見るのが楽しみ。そしてこの庭園は広大だ。

「どうする？　どういうふうにまわる？」と地図を見ながら相談する。1辺が200メートルはありそうな四角い庭が10個ぐらいあって、迷路のように小道が通ってる。それを全部は見られないから宮殿に近づきながらジグザグに歩いてできるだけ多くのぞいてみよう、ということになった。

宮殿へと続く大通りの敷地は芝生になっていて左右には彫像と串《くし》団子みたいなトピ

アリーがずらりと立ち並んでいる。トピアリー好きな私はその串団子に目が吸い寄せられる。

壁のようにまっすぐに剪定された木のあいだを通って四角い庭それぞれの中央部分にあるものを見て回る。庭のデザインは四角ごとに違っていて、白い地面に白い石のあるところや、池があったり芝生の庭だったりいろいろだった。扉が閉まっていて入れないところもあった。

私はその中でも「王の庭園」というところが好きだった。お花がきれいだったから。バッカスの泉水という池と、ぶどうを手に持った彫像も好きだった。ぶどうにも弱い私。

6時すぎにようやく宮殿前の広場に着いた。あとは左右の花壇を見て帰ろう。陽射しもずいぶんオレンジ色になって、とても好きな時間帯だ。

気持ちよく右側のわりとふつうの花壇（南花壇）のところを歩いて進み（たまにこういう平凡な花壇があるとホッとする。いいのばっかりだと興奮して落ち着かないから。……うん？　ということは平凡さが持つ価値ってあるね）、「この先の方どうする？　まだ行く？　もうこのへんで引きかえしてもいいね……」と言いながら、ぼん

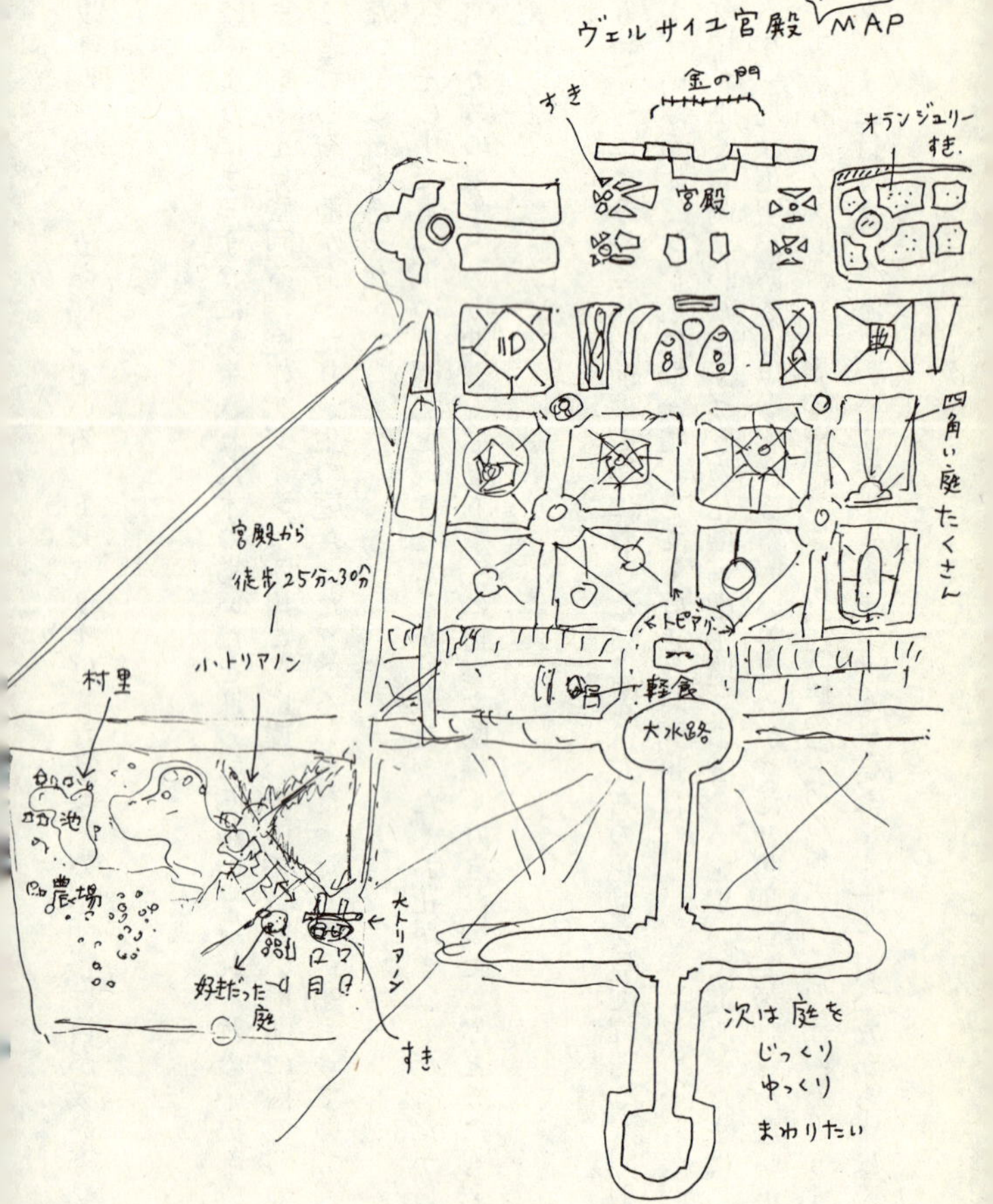
ヴェルサイユ宮殿
だいたい
MAP
金の門
すき
宮殿
オランジュリー
すき.
四角い庭たくさん
宮殿から
徒歩25分〜30分
小トリアノン
村里
池
農場
大トリアノン
好きだった庭
すき
軽食
大水路
次は庭を
じっくり
ゆっくり
まわりたい

やり漂うように歩いていたら、先に進んでいたカーカが手すりの奥をのぞき込んで、「ママー、来てー」と呼んだ。

なんだろうと思い、そっちへ向かったら、なんと……。

この旅の中で私が「いちばん好き」と思う場所を目撃。

私の大好きな串刺しや丸や棒のような緑色の木が広い地面にずらりと等間隔に並んでいる。地図をみると「オランジュリー」と書いてある。

そこはくっきりと目と心に焼きついたので、満足してもう一方の左の方の花壇（北花壇）を見に行く。そっちにはさっきの大トリアノンの花壇によく似た繊細で青系統の花々が植えられていた。こちらもよかった。

カメラの充電が切れたのでここからはアイフォーンで撮る。

最後に見た夕日は丸い金属のアーチの向こう側だった。

金色の門をでて帰る道を下る時も、名残惜しくて暮れてゆく空をふりかえりふりかえりした。時間は6時42分だった。

7時10分発の列車でパリへ戻ります。

パリへ戻る観光客が他にもいて、みんなどの列車かなってホームできょろきょろし

最後に見た 夕日

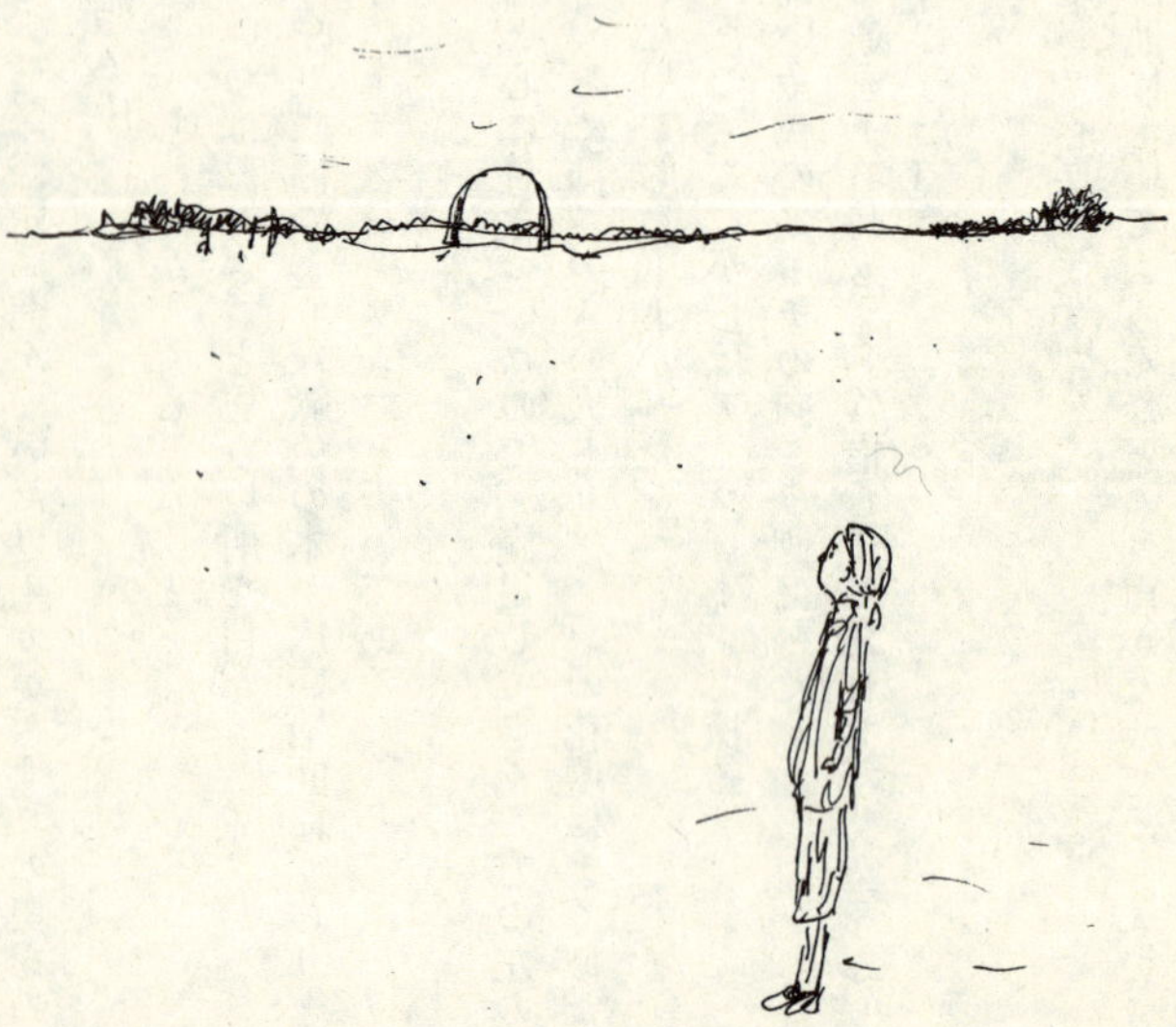

名残惜しかった…
ここから立ち去りがたい
気分

てたので、なんとなく同じ気持ちで待ち、同じ気持ちで乗り込む。だれかが「これどこ行き?」って聞いて、携帯でゲームしてた男性が「そうですよ」みたいなことを答えてた。この人は地元の人なのかなと思い、「この駅に止まりますか?」と地図を見せて聞いたら、「止まります。私もそこで降ります」と行ったのでお礼を言って席に戻る。

通路の向こうの席に大学生ぐらいの若い女性ふたりが座っていて、すごくきれいだったのでカーカときれいだねと言い合う。映画なんかでよく見るけど、こういう顔立ちの美しさを見ると人種の違いや人間の種類の多さを思う。

それから、いうことを聞かなくてお母さんに怒られて、ものすごく泣いてる子どもがいた。あまりの号泣にいたたまれない気持ちになる。

帰り、私が降りる駅を間違えてひとつ先の駅で降りてしまった。「マビヨン」のはずがひとつ先の「オデオン」に。似てたんだもん。

街並みにどうも見覚えがないと思った。すでにくたくたに疲れている。

間違えたということがわからなくてあちこちウロウロしてしまったのでいっそう混乱した。降りる駅を間違えたことに気づいた時は「あっ」と思った。

「ごめんね。間違えた」と何度もあやまる。

マビヨン

オデオン

似てない？


部屋に帰りついたのが8時半。

晩ごはんどうする？ と相談し、ガイドブックに出てた「気どらない安旨《うま》ビストロ、オー・シャルパンティエ」に行くことにした。夜の道を5分ぐらい歩いて、あったあった。ここ、ここ。

お店にはあまりお客さんはいなかった。入り口付近に数組いたぐらいで。内装はかわいかった。店の人は陽気だった。

カーカはなすの前菜と大好きなタルタルステーキを注文した。私はほうれん草とえびのサラダとおすすめのビーフソテー玉ねぎのせにした。

でてきた。カーカのなすの前菜は微妙な味で、私のえびのサラダは思ったようなのじゃなかったけど半分こにして食べる。メインのタルタルは本当にミンチにした生肉というふうで見ただけで私は食べず、私のビーフソテーは玉ねぎと一緒にどうにか食べられた。つけあわせのポテトが大量で全部は食べられなかった。

最後にデザートを食べようか、どれにしようかと迷う。うしろの楽しそうな年配グループ全員に運ばれてきたデザート「ババ」（イースト菌の発酵作用で膨らませた生地を円環形もしくは円筒形の型に入れて焼き上げ、ラム酒風味のシロップをしみ込ませたケーキ）を見てカーカがあれ食べたいと言ってたけど、おすすめというフルーツのせアイスクリームにした。

そのデザートがまた濃厚でボリュームがあった。バニラアイスの上にシロップ漬けのプルーンが11個ものってる。1個か2個だったらおいしく食べられたけど、11個となるとまるで拷問のようだった。早く帰りたい〜と思いながら苦しい気持ちで食べ終える。ゴメン！

でもお店のおじさんはいい人だった。本当に。明るくて。お客さんも昔ながらの常連さんたちって感じでいい雰囲気だった〜。素敵だね。私たちの胃がいけないの。小さすぎて……。バーカウンターのお兄さんもいい感じだった（ような気がする）。満腹でそこまで十分に気が回らなかったのが残念。お会計は74・1ユーロ。

雰囲気ある夜の街を散歩しながら帰る。

ホテルに到着し、ヒョウ柄のらせん階段を数段上がった途中にある3人乗りのエレベーターを手で開けて乗り込み、4階に着いて手で開けて降りて、狭い階段を5階まで上ってドアを開けたら、いつものうす暗い部屋がお出迎え。

明日は帰る日。

明日も楽しみ。

✈ 10日目　10月3日（金）

チェックアウトの11時までお土産なんかの買い物をしよう。

飛行機は夜の10時20分だから6時にここを出ればいいので、一日たっぷりある。最後のお昼ごはんはどうしようと考えて、あそこにした。最初に行った「ル・コントワール」。予約なしで行けるので。なにしろパリのごはんは失敗続き。でも今回はしょうがないと思う。なんにもわかんないんだし。せめて次は単語帳とか簡単なその国の言葉を覚えて旅行したい。楽しさも広がるだろう。

で、昼のために朝食は抜くことにしてパッキングを途中までしてから買い物へ。

まず、お土産のチョコレート。ガイドブックを見て近くにある「ドゥボーヴ・エ・ガレ」に行く。そこはルイ18世から「ブルボン王室のチョコレート職人」として認可された、パリで一番長い歴史を持つチョコレート店だって。誰もいなかったが、入って、たじろぐ。今まで入ったおしゃれなチョコレート屋さんとは違う宮殿のような重々しい雰囲気。半円形のチョコレート台。そして奥から近づいてきた立派な髭《ひげ》をたくわえた王様のような店員さん。あわてても しょうがないのでいろいろ見てから買うのを決めた。小さな箱を2箱。そして今すぐつまむためのチョコを3個。緊張しながら買って、外に出る。

歩きながらすぐに袋を開けてパクつく。オレンジ、抹茶、ピスタチオ。もぐもぐ。

それからカーカの希望でラデュレへ。私もついお土産にマカロン6個入りを買う(家に帰って開けたら崩れてたので結局自分で食べた)。それからマリアージュ・フレールの紅茶(アールグレイ・フレンチブルー)を日本にもあるから別にいいかなあと思いながらもつい買って、散歩しながらホテルに戻る。戻る途中、開店前のおいしそうなレストランやかわいいホテルやお総菜屋やお菓子屋(エクレア。ときどき見るけど何か日本のと違うのかな。食べてみたいな)を見つけて、こんどここに来たい!と言いながら、記録のために写真に収める。

夢はふくらむわ〜。でもあんな狭くて暗いホテルもそれはそれでよかったかも。出入りに人と会わないし、ホテルの人は挨拶《あいさつ》ぐらいしかしないけど感じのいい人だったし、次は窓にお花が飾ってあるようなホテルに泊まりたいという夢や向上心が芽生えるしね。

サン・ジェルマン・デ・プレ教会の裏を通った時、またあの公園が静かな天国状態になっていた。いいわ〜。

もう11時だ。急がなくちゃ。

部屋にもどって買ってきたものを写真に撮って、パッキングをし終えて下に降りる。いつもほとんどだれもいないロビーで、チェックアウトも簡単。それはいいところだ。いいところもあったな。荷物を預けて6時にタクシーを予約して出かける。

今からまだ7時間もある。のんびりできる。

ホテルのドアから出てすぐのところに実は気になるチョコレート屋があった。とてもシックでおしゃれなのです。今、前の歩道が工事中で足場がすえつけられているので通りにくいけど、そこを通るたびにショーウィンドウをのぞいて、「なんかおいしそう……」と思っていた。私はチョコレートは普段それほど食べないんだけど、パリには素敵なチョコレート屋さんが多いんですね。つい味見をしてみたくなる。ショーウィンドウにディスプレイされてるチョコレートで気になるのがあった。箱の中に棒状のチョコがぎっしり詰まってるもので、その棒は表面にゴトゴトと切れ込みが入ってる。よし、と意を決して入りにくいその店に入ってみた。

お店の女性がやってきた。「いらっしゃいませ」と日本語をしゃべってる。日本人の方だ。そして「こんな姿ですみません」とおっしゃるので見ると首にむち打ちのコルセットを嵌《は》めていた。「いえ……」と言って、チョコの説明を受ける。

さっきのディスプレイされているチョコを買うことにした。その方がしゃがんで何かを探してる時に、私が後ろで「これは……?」と質問したら、カーカが今そのタイミングで声をかけたらその人が首を回して振り返るのが大変なのにと非難の声を「あ……」と出して、その時には私もそれに気づいて声をかけるタイミングが早すぎた！と後悔してたけど、その時その女性は急いでゆっくりと首を回してこっちを振り向いて質問に答えてくれた。無理をさせてしまい、悪かった。

……というようなこともありつつ、その棒のチョコと、板チョコの裏側にドライフルーツやナッツがびっしり埋まってるのを買った（あとで箱をよく見たら、アラン・デュカスだった。気づかなかった。チョコの味は濃厚だった）。

「ル・コントワール」には12時15分に行けば並ばないで入れると思うから、それまでぶらぶら散歩する。

小物の店のショーウィンドウをのぞいたり、また「ジュラール・ミュロ」に行ってじっくりとケーキや惣菜《そうざい》やパンを見たり。

今日は「ル・コントワール」の前に人は並んでないみたいだったのでオデオン座の方まで歩いたりして時間をつぶした。途中、古本屋があって店の前に絵本が並んでた。その中の1冊が気になってちょっとかわいいなあとパラパラ何度もめくる。でも迷ったすえ、買わなかった。

12時が過ぎたので、行こう。

今日は空《す》いてる。まだ12時だからね。このあいだと同じ席に通された。好きな席なのでうれしい。最初にフランス語しかしゃべれない店員さんが今日の料理を説明してくれたけどまったくわからず、となりのひとりで来てる女性が見るにみかねて途中で口を出してくれたけどそれでもあまりわからず恥ずかしかった。そしてもう頼むものを決めていたのでそれを伝える。テリーヌを2個と言ったら、ひとつは「tête」だといいながらおすすめしませんという雰囲気で頭を指す。脳みそかなと思い（頭だった）、それはやめてブーダン・ノワールにした。「血だけどいいか」と聞かれたので「いい」という。それは知ってた。フレンチでときどき食べたことがあるから。リンゴのカラメル煮みたいなのとよく一緒に出てくる。それからカーカはウフマヨネーズと350グラムのステーキ。私は携帯の画像の料理を見せたらそれはないというので代わりにおすすめのものにした。

来た。フォアグラのテリーヌはおいしかったけど、こないだのとちょっと違った。ブーダン・ノワールは、あまりにも大きすぎた。日本で食べる時はいつもちょっぴりだったので貴重品という感じで食べてたけど、これほど大きいと飽きる。付け合わせは生のリンゴの細切り。カーカが食べたがっていたウフマヨネーズはゆで卵をたて半分に切ってマヨネーズをかけた前菜。ひとつもらって食べた。

カーカの肉はすごいボリューム。焼き方をミディアムにしたけどレアの方がよかったかも。私のお肉はにんじんとマカロニと煮込んだやつで、食べられたけどそんなに好きな種類のものじゃなかったので苦しかった。ふたりともどうにか食べ終えて、デザートにカーカは昨日食べたかったババ。私は隣の女性が食べていたオレンジのサラダ(切ってシロップをかけたもの)にした。それからカーカはレモンジュースを頼んだ。こないだ気になったレモンを5個ぐらいプレスしただけのジュース。

そのジュースが来たので飲んでみたけど、本当にレモン汁。すっぱくてふた口しか飲めなかった。無理に飲むと胃が痛くなりそうだ。

お腹いっぱいになって出る。125ユーロ。高かったわ。カーカのステーキはどこだかのお肉で、32ユーロもしてた。

あんなによく食べられるなと思う。脂身以外は食べてた。さすがのカーカも苦しかったみたいでぐったりしてる。私も汗が出た。


「公園に行こう」とカーカ。

「公園ですこし休もうか」

「うん。心を清らかにしたい。なんか」

あのきもちのいいリュクサンブール公園へまた行こう。あそこでのんびりしよう。

今日も木や草花がきれい。木陰に椅子を置いて読書する。

直射日光はとても暑いけど、木陰はひんやり涼しい。昼下がりの穏やかな時間。

前の芝生は立ち入り禁止みたいで、人が寝ころんでるとときどき見回りの警備員に注意されて外に出されてる。でもしばらくするとまた他の一団が入って来る。家族づれや団体でお弁当広げたりして。するとまた外に出される。……のくりかえしだった。

私は読書しながら、水を買って飲んだり、他の人を眺めたり。雑誌を読みながら何か食べてる人、本を読む人、友だちとおしゃべりする人。

黙って座ってぼーっと前を見てる夫婦らしきふたりがいた。その人たち、静かないい感じだったなあ。

カーカは350グラムもお肉を食べたせいか隣の椅子で私の空気枕を首に巻いてぐっすり寝ている。

マロニエの葉がくるくる回りながら落ちてくる。

これからの人生、どんなふうに生きようか……などと思った。

思えば、私はいつもそう思ってるなあ。これからどんなふうに生きようか、って。

カーカが目覚めて、「夢見た……」と言う。

肉の夢か？

そして「毎日ここに来る余裕がほしかったね……」なんてしみじみとつぶやいている。

落ち葉がいっぱいで本当に気持ちいい。

またぐるーっと、私が天国と呼ぶ一角（芝生を取り囲むように人々が読書している一角）を通って出る。5時。あと1時間ある。カーカがラデュレで食べたいケーキがあるというのでトコトコと行く。朝食を食べようとして躊躇《ちゅうちょ》したところだね。

売り場でケーキの名前を見て、覚えられないので私のデジカメで写真に撮る。カフ

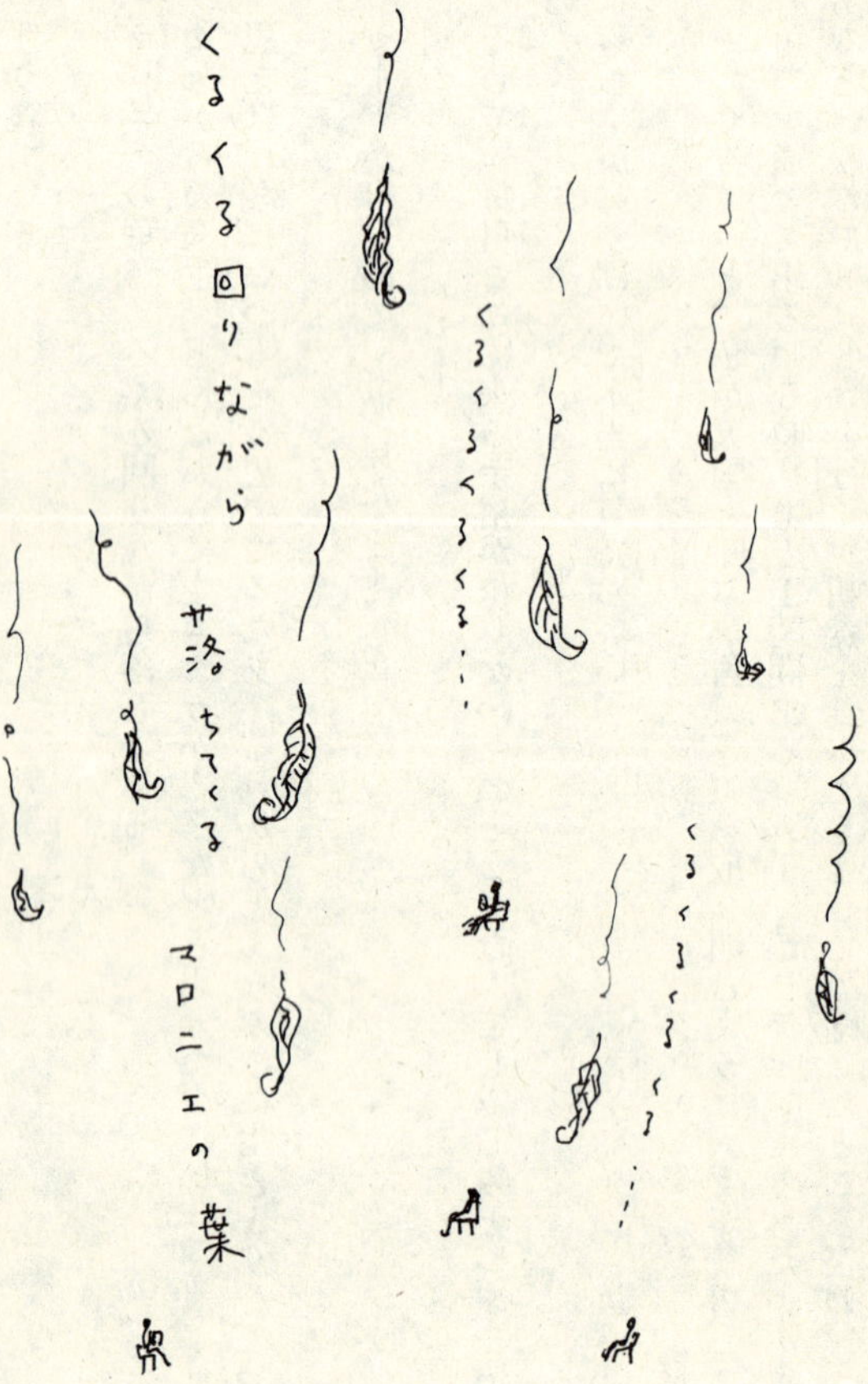
くるくるくるくる……
くるくるくるくる……
くるくる回りながら
落ちてくる
マロニエの葉

ェに入ろうとしたらレジの前にキューピーを見つけて、欲しかったとカーカがいうので2個買ってあげた。日本でも売ってるらしいけど。

カフェの内装はオリエンタルな雰囲気だった。席に通されると、隣で若い女性がマカロンを食べていた。韓国の方だろうか。韓国で流行《はや》ってるという携帯で自分を写す長い棒を持ってる。この旅行中もいろんなところで見かけた。ぽつぽつしゃべっていたら、隣のその女性が「すみません。写真を撮ってもらっていいですか？」とカーカに聞いてきた。「はい」と言ってカメラを受け取り、その女性はカップを手に持ってにっこりとほほ笑む。カーカがシャッターを何度か押したけど、そのカメラはボタンを押すタイミングでシャッターが切れるのじゃないみたいでどうもタイミングが合わず、目をつぶった写真ばかり。何度もやり直して、やっと撮れた。「ありがとうございます」ととても丁寧で上手な日本語を話す。紙袋をたくさん持っていて、いろんなところのお土産を買った様子。少し話したら、やはり韓国の方だった。「親子で旅行、素敵ですね」と言われた。カーカがあとで「あの人、すごいね。頭いいね」と感心してた。

カーカのシュークリームがたくさんくっついてるケーキと私のモカエクレアがきた。エクレアはものすごくクリームがぎっちりつまっていてずっしり。ひと口でいいかも……。

カーカがさっき買った頭にマカロンをのせたキューピーを箱から出して2個ならべて紙ナプキンに入れて遊んだりしていたら、さっきの女性が「それはどこで売ってたんですか?」と興味深そうに聞いてきた。カーカが「そこの売り場で」と答えてた。

6時近くなったので出る。

ホテルに着いたらホテルの方が話しかけてきたので話しているうちにタクシーに荷物が積まれ、タクシーが動き出して、振り返ったらもうその人はいなかった。ホテルの人に最後にちゃんと挨拶《あいさつ》できなかった。「サンキュー」とは言ったけど、最後の最後に、ではまた、みたいにする最後の挨拶が。

ちょっと残念と思いながらも、あと残りのユーロは90ユーロだけどタクシー代が足りるかなと思う。来る時は67ユーロだったから大丈夫だろう。

けっこう道が混んでいて時間がかかった。車の中から歩道の並木や建物や空を、きれいだなあと眺める。

カーカとこの旅の思い出を語り合った。カーカの印象に残ったベスト5に入るのが、あの花の人、だって。

「人にやさしくしようと思った。これからの人生。それを目標にする。やさしい人にたくさん会ったから」とカーカ。

「ママは、心を無にして、これからの人生がどうなるのかなって考えたよ」

旅っていうのは、今の自分を知る時間でもある。今の自分を感じられる時間。自分の性格や自分の興味、価値を感じるものがわかる。

人生が楽しくない時は、旅も楽しめない。

ルーブル美術館にいた時間が大好きだったけど、それは人には話さない。だって私のルーブル美術館はほかの人のルーブル美術館とは違うもの。私が心の中で感じたある状態だから。

ヴェルサイユ宮殿のあの季節のあの時間の庭が大好きだったけど、これは人に言える。これはわかりやすいから。

タクシーのメーターがどんどん上がっていく。もう90ユーロ。ドキドキする。

空港に着いた。ぎりぎり足りた。

ああ、よかった。

「旅、もしくは物語」

ふりかえると、まるで異次元を旅したような不思議さと懐かしさに包まれます。本当に楽しかったです。

この楽しさはどういう楽しさかというと、見知らぬ場所にいるというだけで感じるワクワクする好奇心と自分の娘という同じ種類の仲間といられる安心感による楽しさです。

旅は人生を反映する。

と思います。

いや、別に旅じゃなくても、今日の晩ごはんを何にするかは人生を反映する、と言っても同じなのですが。旅は日常と切り離されるのでよりわかりやすい。

行き先を決めること、準備、旅の途中に起こる出来事、判断、帰ってから思うこと。その一連の流れは「小さな人生」とも言えます。

私は人生を旅になぞらえることが多いです。それと同じように今日一日とか小さな出会いを旅になぞらえたりもします。人との出会いも、長くても短くても人との交流を旅だと思えば、その捉《とら》え方も違ってきます。

旅、もしくは物語。人生を、ひとつの長い物語のようだと思い始めてから、私の世の中の見え方は違ってきました。

どの瞬間もかけがえのない、どの瞬間も味わいのある、貴重な瞬間に思えてきたのです。人との出会いも、たった数分の会話も、命の雫《しずく》を惜しむような価値ある瞬間だと思えるようになりました。そういうことを相手に話すと驚かれるので話しませんが、私はいつも驚愕《きょうがく》しながらこの世の風景を眺めています。目の前の人を見つめています。その目で見ると、どの人も同じ人はいませんし、どの人も興味深いです。

今を生きるとは、とても美しく、その美しさゆえにとても胸が締めつけられるようなことです。どういうふうに締めつけられるかは、同じように締めつけられる人にしかわからないと思いますが、確かにそういうものなのです。

銀色夏生

バルセロナ・パリ母《はは》娘《こ》旅《たび》

銀《ぎん》色《いろ》夏《なつ》生《を》

平成27年 1月25日　初版発行

発行者●堀内大示

発行所●株式会社KADOKAWA
〒102-8177　東京都千代田区富士見2-13-3
電話 03-3238-8521（営業）
http://www.kadokawa.co.jp/

編集●角川書店
〒102-8078　東京都千代田区富士見1-8-19
電話 03-3238-8555（編集部）

角川文庫 18965

印刷所●株式会社暁印刷　製本所●株式会社ビルディング・ブックセンター

表紙画●和田三造

ISBN978-4-04-102593-2　C0195

角川文庫発刊に際して

角　川　源　義

第二次世界大戦の敗北は、軍事力の敗北であった以上に、私たちの若い文化力の敗退であった。私たちの文化が戦争に対して如何に無力であり、単なるあだ花に過ぎなかったかを、私たちは身を以て体験し痛感した。西洋近代文化の摂取にとって、明治以後八十年の歳月は決して短かすぎたとは言えない。にもかかわらず、近代文化の伝統を確立し、自由な批判と柔軟な良識に富む文化層として自らを形成することに私たちは失敗して来た。そしてこれは、各層への文化の普及滲透を任務とする出版人の責任でもあった。

一九四五年以来、私たちは再び振出しに戻り、第一歩から踏み出すことを余儀なくされた。これは大きな不幸ではあるが、反面、これまでの混沌・未熟・歪曲の中にあった我が国の文化に秩序と確たる基礎を齎らすためには絶好の機会でもある。角川書店は、このような祖国の文化的危機にあたり、微力をも顧みず再建の礎石たるべき抱負と決意とをもって出発したが、ここに創立以来の念願を果すべく角川文庫を発刊する。これまで刊行されたあらゆる全集叢書文庫類の長所と短所とを検討し、古今東西の不朽の典籍を、良心的編集のもとに、廉価に、そして書架にふさわしい美本として、多くのひとびとに提供しようとする。しかし私たちは徒らに百科全書的な知識のジレッタントを作ることを目的とせず、あくまで祖国の文化に秩序と再建への道を示し、この文庫を角川書店の栄ある事業として、今後永久に継続発展せしめ、学芸と教養との殿堂として大成せんことを期したい。多くの読書子の愛情ある忠言と支持とによって、この希望と抱負とを完遂せしめられんことを願う。

一九四九年五月三日